세
 자
  매

세
자
매

주영선
소설집

문학수첩

차례

데스
레시피

Death recipe

가랑비가 조금씩 내리는 마을에는 지난밤 강풍의 흔적이
그대로 남아 있었다.

　도로를 따라 이어진 전깃줄에는 긴 비닐들이 검은 망
토 자락처럼 펄럭였고, 해변은 너울성 파도에 가파른 절벽
이 되었다. 규칙적인 파도가 오가는 바다에는 황톳빛이 돌
았다. 할 일 없이 마을을 배회하는 주말은 달팽이 걸음보
다 시간이 느렸다. 삶과 죽음에 비유한다면 평일은 삶이
고, 주말은 죽음이었다. 곧 여름방학이 될 텐데 그 많은 시
간을 어떻게 써버리나? 윤수는 어깨를 늘어뜨린 채 해변을

걷다가 묶여 있는 배들이 일렁이는 선착장 앞에 우두커니 섰다.

아버지는 바다에서 지난밤을 어떻게 보냈을까.

폭풍으로 바다가 뒤척이는 동안, 아버지도 윤수처럼 공포에 떨며 잠을 설치지는 않았을까. 그랬다면, 윤수는 집 안에서 혼자 외로웠고, 아버지는 바다에서 외로웠을 것이다.

- 윤수야!

아버지는 아침 등굣길이나, 밤 하굣길, 그리고 바다에 나와 젖은 해변을 이렇게 걸을 때면 가끔 이렇게 윤수를 부르곤 했다.

- 네. 아버지.

윤수는 자신도 모르게 눈을 감고 비감하게 대답했다.

- 비가 오는데 왜 돌아다니는 거냐?

- 너무, 심심해서요.

- 할머니는 잘 계시냐?

아버지는 효자도 아니었으면서 능청스럽게 할머니 안부부터 묻는 때가 있었다.

- 할머니는 아버지가 바다에서 돌아오시지 않은 지 석 달 만에 돌아가셨다고 했잖아요.

아버지와 함께 배를 타고 나갔던 사람들은 아버지가 술

에 취해 바다에 뛰어 들었다고 말했지만, 바로 그들이 아버지를 죽여서 바다에 던져 버렸을 것이라고 말하는 마을 사람들도 있었다.

- 아, 그렇구나. 엄마는?

갈수록 태산이었다.

- 엄마도 죽었잖아요.

- 죽다니?

- 아버지가 죽였잖아요.

윤수는 맥이 빠졌다.

- 그게 무슨 말이냐? 나는 아무도 죽이지 않았어. 자기 스스로 뒤로 넘어지면서 죽은 거야. 알겠냐?

윤수는 대답하지 않았다.

윤수가 초등학교 다닐 때의 어느 날이었다.

진한 눈썹 문신에 눈동자가 유난히 까맣던 엄마는 집으로 찾아온 중국집 요리사와 함께 어디론가 나가 버렸다. 엄마가 돌아왔을 때, 아버지는 부엌에서 쓰는 칼을 든 채 엄마를 방으로 끌고 들어갔다. 그게 다였다. 엄마는 피를 흘리며 죽어 있었다. 아버지가 들고 들어갔던 칼에도 피가 묻어 있었다. 사람들은 말했다. 남자가 여자를 죽였다고. 남자는 말했다. 칼을 들고 있었지만 찌르지는 않았다고.

경찰관 두 명이 왔다. 윤수는 끌려가는 아버지의 뒷모습을 바라보며 앞으로 얼마 동안은 아버지에게 맞지 않고 살 수 있겠다고 생각했다. 그런데 그 무렵부터 사람들은 윤수를 피하기 시작했다. 골목에서 같이 놀던 친구들도 모두 멀어졌다.

2년 뒤, 아버지는 집으로 돌아왔다. 할머니는 아버지가 교도소에서 나오는 대가로 허름한 횟집을 외갓집에 넘겼다고 했다.

- 살인자!

어느 날, 동네 아이가 윤수의 얼굴에 침을 뱉으며 소리쳤다.

- 나, 살인자 아니야.

- 웃기고 있네. 네 아버지가 네 엄마를 죽였잖아!

세상에서 가장 무서운 일 중 하나는 가까운 사람들에게 낙인이 찍히는 것이라고 윤수는 생각했다. 아버지처럼 바닷속에 누워 해명해 봐야 아무런 소용이 없었다.

- 윤수야. 다른 사람들이 말하는 걸 그대로 따라 하면 안 된다고 아버지가 말하지 않았느냐.

- 알았어요. 아버지.

윤수는 무조건 아버지 편을 들어 주어야 겠다고 생각

했다.

- 윤수야. 비가 오니 춥구나. 얼른 들어가거라.

- 알겠어요. 아버지.

아버지는 기분이 좋지 않은 것 같았다.

윤수는 해안 상가를 따라 걸으며 수족관을 기웃거렸다. 횟집 수족관에는 바다에서 잡혀 온 활어들이 느리게 유영하고 있었다. 윤수는 유난히 맑아 보이는 수족관을 향해 한발 한발 앞으로 다가갔다. 아버지처럼 활어들도 하나같이 우울한 빛깔이었다.

횟집 현관 유리문 앞에 서서 밖을 보던 아주머니가 황급히 뒷걸음질을 치는 것이 보였다. 여전했다. 윤수가 나타나면 사람들이 입을 다물어 버리거나, 오던 길을 되돌아가곤 하는 것 말이다. 그럴 때마다 윤수는 자신을 아는 사람들이 없는 곳에 가서 살고 싶다고 생각했다. 그럴 수만 있다면, 그곳이 사흘에 한 번 해일경보 사이렌이 울리는 곳이라고 해도 상관하지 않을 것 같았다.

월요일 아침.

윤수는 가방을 메고 어두침침한 집을 나왔다. 바다 끝에서는 검은 구름이 부풀어 오르고 있었고, 바람이 세차게 불었다. 파바바박, 마을회관 옥상에 꽂힌 태극기는 속수무책으로 몸서리쳤다. 태극기가 바람에 펄럭입니다아, 하늘 높이 아름답게 펄럭입니다아, 윤수는 노래를 부르며 마을 한가운데 서 있는 시내버스를 향해 걸었다. 바깥 조회가 있는 셋째 주 월요일 아침이었다. 윤수가 다니는 학교에서는 전교생을 운동장에 모이게 하고는 하늘 높이 펄럭이는 태극기를 바라보며 애국가를 부르게 했다. 좀 늦었기 때문에 뛰어야 했지만, 오한이 있어서 그냥 걷기로 했다.

  - 윤수야. 오늘은 어떠냐?

당장이라도 마을을 덮칠 듯한 파도 소리에 아버지의 목소리가 섞였다.

  - 기분이 좋아 보이는구나.

  - 네. 아버지.

  - 학교에 가는 게 좋은 거냐?

  - 네.

윤수는 이렇게 대답하려다가 말았다. 학교에 가면요, 가까이에서 들리는 친구들의 목소리와 허기를 채울 수 있는 급식이 있고, 아버지처럼 다정한 건 아니지만 그래도 내 이름을 불러주는 선생님들이 있어요. "윤수야! 복도에서 뛰지 마라. 윤수야! 수업 시간에 이상한 질문하지 마라. 윤수 너,

다른 아이들에게 피해 주면 안 된다.” 하며 말이에요.

- 다른 일은 없냐?

- 다른 일이라뇨?

- 그냥 이런 거 저런 거.

- 어제 비를 맞고 다녀서인지 몸살이 났어요. 춥고 머리 아프고 열이 나요.

- 그럴 줄 알았다. 학교에 가면 보건실에 가서 약 좀 달라고 해라.

- 그럴게요. 그런데 아버지.

- 왜 그러냐?

- 약보다는 생선 매운탕을 먹고 싶어요.

- 갑자기 매운탕은 왜?

- 추워서 그런가 봐요.

- 아침을 안 먹었지?

- 아침은 늘 안 먹었잖아요.

- 그런데 왜 하필 매운탕이냐고?

- 그냥 온 가족이 모여 앉아 요것조것 넣은 매운탕을 같이 먹고 싶어요.

윤수는 길게 한숨을 쉬었다.

- 많이 외롭구나. 그렇지?

- 그건 잘 모르겠고요. 아버지.

- 왜?

- 그냥 매운탕처럼 살 수는 없을까요?

- 그건 또 무슨 말이냐?

- 서로 보글보글 끓여져서 하나의 맛을 내는 거지요. 하나의 맛을 위해 자신의 것을 아낌없이 내어 주고….

- …내어 주고?

- …너는 왜 그런 모양으로 여기에 왔느냐고 말하지 않는 거지요.

- 그래. 다시 만나면 매운탕처럼 살아 보자.

- 살아, 보자고요?

- 그래.

- 알겠어요. 아버지.

- 그건 그렇고 다른 할 얘긴 없냐?

- 회관의 태극기가 바람에 펄럭이고 있어요.

- 그건 내가 살아 있을 때도 늘 그랬단다.

- 아버지. 하늘 높이, 아름답게, 펄럭이고 있다니까요.

- 아름답게?

- 네, 아버지.

- 진짜 아름답게 펄럭이는지 다시 한번 보고 말해다오.

누군가 시키거나 다른 사람들이 말하는 걸 그대로 따라 하면 안 된다고 했잖냐.

- 알아요. 아버지.

저만치 보이는 초록색 시내버스가 움직이는 것 같았다. 윤수는 버스 기사를 향해 잠시 기다려 달라고 소리치고는 발걸음을 돌려 마을회관 앞으로 양미간을 모은 채 뛰기 시작했다. 빨리 가는 것보다 진실을 아는 것이 더 중요했다.

자세히 보니까 마을회관 옥상에 꽂힌 태극기는 '하늘 높이', '아름답게', 펄럭이지는 않았다. 그저 거무튀튀했고, 끝자락도 너덜너덜했다.

- 아버지.

윤수는 아버지를 불러 보았다.

- …….

대답이 없었다. 버스가 기다리고 있기에 언제까지나 아버지를 부를 수는 없었다. 태극기가 '하늘 높이', '아름답게', 펄럭이고 있지 않더라는 얘기는 다음 기회에 해주는 수밖에 없었다.

윤수가 버스에 오르자 마을 사람 중의 몇몇이 흘깃 보다가 다시 고개를 바다 쪽으로 돌렸다.

- 모래가 왜 자꾸 저렇게 쓸려가재?

윤수의 존재를 지우듯 승객 중 누군가가 그렇게 말했다.

- 파도가 세서 그렇지 뭐.

- 낼모레가 해수욕장 개장인데 백사장이 야금야금 없어지니 걱정은 걱정이여.

아버지가 바다로 간 것에 대해서는 걱정하지 않던 사람들이 모래가 바다로 가는 것에 대해서는 걱정했다.

- 쓸려 갔다가 또 쓸려 오기도 하는데 뭐.

- 백사장이 점점 좁아지고 있는 걸 보면 쓸려 간 모래가 다 오는 건 아니야.

맞는 말인 것 같았다. 만약에 아버지가 눈을 감은 채 수족관 속의 물고기들처럼 떠다니지 않고 누워 있다면, 아버지 위에 모래 봉분이 만들어 졌으면 좋겠다. 바다 건너 저 솔숲 위에 있는 엄마의 산소처럼 말이다.

버스가 출발했다.

윤수는 교복 주머니에서 스마트폰을 꺼냈다. 한 달에 한 번 오는 사회복지사가 가져다준 것이었다.

- 현지냐? 그래, 오빠 지금 버스 탔다. 그래, … 어, 알았어. 생일? 그래, 다음 주말에 만나 노래방에서 파티하자.

언제나처럼 윤수의 목소리는 버스 안에 쩌렁쩌렁 울렸다. 그래도 윤수를 돌아보는 사람은 없었다. '또냐?' 버스

기사도 더 이상 윤수에게 그렇게 묻지 않았다.

- 그래, 알았어. 오빠 학교 가서 다시 전화할게. 끊는다.

윤수는 현지와 통화를 끝내고 귀에 이어폰을 꽂았다.

그대 돌아와 돌아와요, 내 곁에 다시

날 사랑했던 사람 이렇게 울어도 소리쳐 불러 봐도

길 잃은 마음만 더 아파오는 걸

나 어떻게 하죠? 그대가 보고 싶은데

'에스티'의 애절한 목소리를 따라 길가에 핀 해바라기가 금방이라도 목이 부러질 듯 흔들렸다. 그날, 잠시 후에 자신이 죽는다는 것을 알았더라면, 윤수는 아마도 현지와의 통화는 시도하지 않았을 것이다. 사람들을 의식해서 상상 속의 일을 현실처럼 보이게 하며 산다는 것은 생각보다 번거로운 일이었다.

학교는 윤수가 사는 해변 마을에서 25km 떨어진 공립 고등학교였다.

등교 시간 8시 10분을 7분 남겨두고 윤수는 버스에서 내려 교문을 향해 걸었다. 학생들을 실은 승용차들이 쉼

없이 정차하고, 또 떠나갔다. 임박한 등교 시간에도 아랑곳하지 않고 여전히 스마트폰에 얼굴을 박고 걸어가는 학생들도 있었다. 교문을 200m 정도 앞두고 윤수가 횡단보도를 건너고 있을 때였다. 갑자기 승용차 한 대가 횡단보도를 넘어오며 윤수를 스쳤다. 윤수가 얼어붙은 듯 멈춰 서자, 그 검은색 승용차도 속력을 줄였다.

- 벼엉신!

차창 밖으로 목을 내밀며 윤수를 향해 그렇게 소리친 녀석은, 실장이었다. 지금은 좀 하락세지만 중학교 때는 전교 5등 안에 들었던 녀석이었다. 운전하는 사람은 화장하지 않은 얼굴을 보이지 않게 하기 위해서인지 모자와 마스크로 얼굴을 가리고 있었다. 실장이 초등학교 때부터 유별난 것으로 소문이 자자했던 실장의 엄마였다. 그 녀석이 이번에 실장 선거에 나온 것도 그 녀석 엄마 때문이라고 할 정도였다. 출마의 변요? 엄마가 원해서 나왔습니다. 실장은 단독 후보였기 때문에 녀석은 그렇게 말한 다음 실장이 되었다.

윤수를 스쳐 간 차는 교문 앞에서 정차했다. 윤수는 차에서 내리는 실장을 잠시 노려봤지만, 두통 때문에 오래 노려볼 수는 없었다. 실장을 향해 새삼 적의를 보인다는 것도 유치한 일이었다.

학기 초였다. 등교하면 실장이 스마트폰을 수거했다가 하교 때 나눠줬다. 어느 날 어떤 녀석의 스마트폰이 수거 가방에서 사라졌다고 하며, 실장은 스마트폰이 없던 윤수를 유력한 범인으로 지목했다. 억울하다고 담임에게 말했지만, 담임은 '너희끼리 해결할 문제'라고 말하며 개입하지 않았다. 실장 녀석은 빙글빙글 웃으며 윤수에게 "훔치지 않았다면 그것을 증명해 봐라."고 말했다. 훔치지 않았다, 는 증거? 반 아이들이 일제히 윤수를 에워싸고 소리치는 것 같아 윤수는 식은땀을 흘리며 점점 뒷걸음질을 쳤다. 살인자! 나, 살인자 아니야. 살인자아! 나, 살인자 아니야아. 살인자아아! 나, 살인자 아니야아아아….

윤수는 녀석과 거리를 두고 교실로 향했다.

- 야! 너희들, 오늘 조회 있는 거 알지? 핸드폰 모두 책상에 올려놓고 8시 30분까지 한 명도 빠짐없이 나가. 알겠나?

운동장 조회 시간마다 실장은 군기 대장처럼 반 친구들을 밖으로 내몰았다. 소아마비를 앓는 친구도 있었는데 예외는 없었다. 실장은 체육 선생님이나 학생부 선생님들과도 긴밀해 보였다. 실장이 아침마다 칠판을 등지고 교탁 앞에 서서 반 아이들의 스마트폰을 수거할 때의 모습은 담임보다 더 위엄이 있어 보였다. 담임은 대부분의 학생 관리를 실장에게 맡겼다. 누군가는 그런 실장을 담임의 끄나풀이라고 했다.

- 나 오늘 좀 빼주면 안 되냐?

기대하지는 않았지만, 윤수는 일단 실장에게 말해 보았다.

- 됐고! 자, 실시!

윤수는 스마트폰을 책상 위에 올려놓고 보건실에 가서 잠시 누워 있기로 했다. 교실이 비어 있으면 실장은 모두 조회에 나간 것으로 담임에게 보고할 것이다.

윤수는 아이들 틈에 끼어 복도로 나와 보건실로 향했다.

- 머리가 아파서요.

윤수는 한쪽 다리를 흔들며 짐짓 불량스러운 태도로 보건교사에게 말했다. 낙인찍힌 놈이 살아가는 방법은 평소에는 죄인인 척하다가 결심이 섰을 때는 선제공격과 심리적 제압뿐이라는 것을 잊어서는 안 되었다.

- 진통제 줄까?

역시 학교라는 곳에는 학생의 권리가 살아 있었다. 권리가 보장되자 윤수는 잠시 순한 양이 되었다.

- 예. 그리고 조금만 누워 있을게요.

보건교사는 하얀색 약 한 알을 물과 함께 준 다음 미심쩍은 얼굴로 윤수를 잠시 쳐다보고는 밖으로 나갔다. 운동장에서는 애국가 제창에 이어 교장 선생님의 훈시가 이어졌다.

쩌렁쩌렁한 마이크 울리는 소리에 머리가 더 지끈거렸다. 윤수는 누워서 하얀 천장을 바라보았다. 그때 뭔가 움직이는 소리가 들려왔다. 찍찍. 윤수는 재빨리 손을 뻗어 캐비닛 밑으로 들어가는 쥐의 꼬리를 잡았다. 쥐는 윤수의 손아귀 안에서 몸부림을 쳤다. 어릴 때부터 바닷가 방파제에서 놀며 게나 생선을 만져 온 윤수가 쥐를 놓칠 리 없었다. 윤수는 쥐를 움켜잡고 멈칫했다. 아버지도 숙달된 누군가의 손에 의해 이렇게 잡혀 버린 것은 아닐까. 윤수는 쥐를 움켜잡은 채 또 생각했다. 아버지와 함께 배를 타고 나갔던 사람들 말대로, 아버지가 엄마를 죽인 것에 대한 가책을 이기지 못해 술을 마시고 스스로 바다에 뛰어든 것이라면, 아버지는 물속에서 이렇게 얼마간 몸부림 치다가 죽어 갔을 것이고, 자신도 모르게 바다에 던져진 것이라면 몸부림도 없이 조용히 가라앉았을 것이다.

윤수는 두리번거렸다. 핀셋과 알코올 솜 통이 놓여 있는 드레싱 카 위에 일회용 비닐장갑 케이스가 있었다. 윤수는 비닐장갑 한 장을 꺼내어 버둥거리는 쥐를 그 속에 넣고 입구를 묶었다. 쥐가 필사적으로 몸부림을 치자 비닐이 찢겨 나갔다. 윤수는 다시 드레싱 카 위를 살펴보았다. 반창고가 안성맞춤일 것 같았다. 윤수는 하얀색 반창고를 이빨로 잘랐다. 쥐가 든 비닐장갑은 'X'표 모양의 반창고로 봉인되었다.

긴 복도에는 윤수의 발소리만 울렸다. 교복 바지 주머니 속에 든 쥐의 발버둥을 살갗으로 느끼며 윤수는 서두르지 않고 걸었다.

교실은 비어 있었다. 윤수는 실장의 사물함 앞에 섰다. 사물함은 번호 자물쇠로 굳게 잠겨 있었다. 윤수는 세 개의 숫자를 무작위로 맞춰 보기로 했다. 자물쇠는 쉽게 열렸다. 151, 윤수는 피식 웃었다. 윤수의 짐작은 적중했다. 병신 같은 마마보이 주제에 실장은 스스로 1학년 5반의 '짱'이라 생각하는 것이다. 사물함에는 운동화와 교과서가 들어 있었다. 윤수는 주머니에서 쥐를 꺼내어 운동화 안쪽에 넣었다. 문을 막 닫으려고 할 때, 교과서 사이로 빨간색 노트 한 권이 눈에 띄었다. 윤수는 노트를 들고 겉장을 넘겨보았다. 실장의 일기장이었다.

201X년 4월 17일

며칠 전, 늦은 밤에 누군가 현관 벨을 누르며 아빠 이름을 불렀다.

아빠가 나가서 문을 열자 한 손에 야구 방망이를 든 남자가 성큼 들어섰다. 남자는 다짜고짜 이마로 아빠의 얼굴을 들이받았다. 아빠는 현관에서 거실 쪽으로 나뒹굴었다.

- 내가 당신 마누라와 당신 자식이 보는 이 자리에서 당신을 죽여도 할 말이 없을 거다.

아빠는 거의 매일 술을 마시고 밤늦게 들어오거나 가끔 외박도 했다. 사업상 많은 사람을 만나기 때문에 그럴 수밖에 없다고 했다. 엄마는 모르겠지만 나는 그 말을 믿었다. 그런데 남자가 아빠를 때리며 하는 말로 보아 그 남자의 부인과 아빠가 불륜을 저질렀다는 것 같았다. 나는 골프채로 아빠를 때리는 그 남자를 제압할 수도 있었지만 그렇게 하지 않았다. 아빠도 맞아 봐야 했다. 아빠는 걸핏하면 엄마를 때렸다. 현관에서 아빠를 배웅하는 엄마의 따귀를 때린 적도 있고, 싱크대 앞에서 설거지하는 엄마의 머리채를 뒤에서 잡고 거실로 끌고 가 발길질을 한 적도 있었다.

- 내가 돈 벌어다 주는데, 네가 집구석에서 하는 일이라

는 게 대체 뭐야?

대체로 내 성적이 떨어졌을 때, 깡마른 엄마는 그야말로 북어가 되도록 아빠의 발길질에 채였다. 언젠가 엄마가 피투성이가 되어 싱크대 앞에 나뒹굴 때, 나는 아빠의 가슴쪽 옷을 잡았다. 셔츠 단추가 투둑, 떨어지는 것을 어이없는 얼굴로 보던 아빠는 내 따귀를 후려친 다음 무릎을 꿇게 했다. 그리고 미친 듯이 발로 차고 짓밟더니 이렇게 말했다.

- 멍청한 자식! 네가 나를 방해하면 바로 이런 식으로 네 엄마를 더 때릴 수밖에 없어. 너를 버릇없이 키운 건 네 엄마니까.

나는 팔짱을 끼고 서서 아빠가 맞는 것을 조용히 지켜보았다. 어른들의 그런 일에 나서는 버릇없는 자식이 될 필요는 없었다.

아빠는 두 번 다시 그 남자의 부인을 만나지 않겠다는 각서를 써주고 바로 입원했다. 코뼈가 부러지고, 갈비뼈에 금이 갔다. 그래도 경찰에 신고는 하지 않았다. 벼엉신!

201X년 5월 3일

보충수업을 끝내고 돌아오자 엄마가 내 방으로 뒤따라

들어왔다. 엄마는 내 침대에 걸터앉더니 나를 의자에 앉으라고 했다. 엄마의 손에는 문구용 칼이 들려져 있었다.

- 내가 죽어줄게. 내가 죽는 꼴 보고 싶은 게 아니라면 네가 이럴 수는 없어.

내가 지난주 야간 자율학습 시간에 학교 뒷산에 가서 친구들과 담배를 피웠기 때문인 것 같았다.

- 너마저 이러면 엄마는 살아갈 이유가 없다는 거, 너 알잖아. 알면서도 자꾸 이러는 건 내가 죽어 없어져도 상관없다는 거지? 그런 거야? 말해! 무슨 말이든 해 보라고! 왜 안 해? 왜? … 끝까지 대답을 안 하는구나. 내가 이런 널 자식이라고 믿고…. 이젠, 정말 끝이야.

엄마는 마침내 문구용 칼날을 죽 밀어냈다. 칼을 든 엄마의 손이 바들바들 떨렸다. 얇고 빛나는 칼이 엄마의 가느다란 목을 겨냥했다. 이번에도 엄마의 협박은 전혀 스릴이 없었다.

- 나쁜 놈! 나쁜 놈!

결국 엄마는 칼로 목을 긋는 대신 울음으로 협박을 마무리했다. 언제나 뒷심이 부족한 엄마. 그래서 아빠를 떠나지도, 나를 구출해 주지도 못하는 엄마. 이런 엄마와 대치 아닌 대치를 해야 하는 시간은 정말 따분하다. 이런 시간

은 컴퓨터를 켜고 '서든 어택(sudden attack)' 게임을 하는 것
보다 더 아깝다.

　발소리가 났다. 윤수는 황급히 실장의 노트를 사물함에
넣고 문을 닫았다. 그러나 이미 늦었다. 설마, 하던 일이 벌
어졌다. 역시 보건교사는 윤수를 위험군으로 분류하고 있
었다. 실장은 교실 문턱에 서서 무표정하게 윤수를 바라보
았다. 윤수는 천천히 일어났다. 실장은 처음부터 어디선가
지켜보고 있었는지 곧바로 쥐가 든 운동화를 들어 올렸다.
그리고 비닐에 든 쥐를 꺼내 꼬리 부분을 잡았다. 쥐는 아
직 죽지 않았다. 실장은 쥐를 잡고 한발 한발 다가왔다. 윤
수가 뒷걸음질을 치는 순간 아버지의 말이 들려왔다. "나
는 아무도 죽이지 않았어. 자기 스스로 뒤로 넘어지면서
죽은 거야."
　- 겨우 쥐냐? 벼엉신!
　실장은 쥐를 창문 너머로 던졌다.
　- 안 돼!
　윤수는 실장을 밀치고 현관 밖으로 뛰어나가며 계속 소
리쳤다.
　- 안 돼! 안 돼!

운동장이 조용해졌다. 윤수는 화단에 있는 하얀 마가렛 꽃 무더기를 헤쳤다. 쥐는 눈을 뜬 채 하늘을 바라보며 꿈틀거리고 있었다. 쥐를 잡으려는 순간, 윤수는 등짝에 강한 충격을 느꼈다. 퍽, 퍽, 퍽…. 주먹질과 발길질이 이어졌다. 피해 보거나 막아 보려고 했지만 손이 움직이지 않았다. 윤수는 숨이 막혀 왔다. 발길질을 해 보았지만, 허공을 향할 뿐이었다. 그러니까, 윤수는 폭력을 써 본 적이 없었다. 윤수는 비닐장갑 속에 든 쥐처럼 무방비로 헐떡거렸다. 그리고 곧 뒤집혀 져서 쥐처럼 하늘을 바라보았다. 몇몇 발소리에 이어 수많은 발소리와 웅성거림이 들렸다. 이건 아니었다. 윤수는 그저 '겨우 쥐' 정도로 장난치고 말 생각이었다. 그런데 실장은 윤수를 상대로 장난 대신 서든 어택을 실현했다.

긴 시간은 아니었다. 퍽퍽퍽, 하는 소리가 점점 멀어졌다. 실장의 얼굴도 희미해졌다. 윤수는 선착장에 묶여 있는 배처럼 일렁이기만 할 뿐 앞으로 나가지 못하고 거기에서 정지되었다.

전교생이 참가한 노제 행렬은 운동장을 한 바퀴 돈 다음, 그럴 필요까지는 정말 없었는데 시청 앞 광장까지 갔다. 지나가던 시민들까지 윤수를 위해 울어주고 또, 그 장면을 방송국 카메라가 찍었다. 아름다운 세상의 한 장면이었다. 윤수는 자신이 죽었다는 사실을 잊은 채 서둘러 스마트폰을 찾았다. 사람들이 자신을 주목하고 있는, 이런 두 번 다시 없을 기회에 혼자가 아니라는 것을 반드시 보여줘야 했다.

"현지냐? 노래방에 같이 가지 못할 것 같아. 뭐? 그런 법이 어디 있냐고? 갑자기 일이 좀 생겼거든. 오빠가 다시 전화할게. 무슨 일인지 말하고 끊으라고? 현지야. 내일이면 알게 돼. 아마 내가 뉴스에 나올지도 몰라."

수요일 오전, 윤수는 이틀 전 아침에 떠났던 마을로 돌아왔다. 가루가 되어 아버지의 푸른 봉분 위에 살포시 내려앉았다.

- 윤수야.

- 네. 아버지.

- 네가 죽은 거냐?

- 그런 거 같아요.

- 어쩌다가 죽게 된 거냐?

- 잘 모르겠어요. 그냥 세상의 모든 것들이 닫히더니 보이지도 들리지도 않았어요.

- 그래. 살던 곳의 모든 것이 닫히면 그게 바로 죽는 거란다.

- 깔려 죽었다면서?

- 그건 아니었어요.

- 네가 조회에 나가다가 압사했다고 하더라. 몇 명이 넘어졌는데 원래 심장이 안 좋았던 너 혼자 못 일어나고 죽었다면서?

- 제 심장이 나쁘다는 건 저도 모르는 얘기에요. 복도 벽에 자동 심장 충격기도 준비되어 있는데 그럴 리가 없어요.

- 그걸 사용할 줄 아는 사람이 옆에 없었겠지.

- 그래도 그건 아니에요.

- 마을 사람들은 다 그렇게 알고 있어.

- 모든 얘기는 말하는 사람들 의도대로 전달되는 거잖아요.

- 내 아들 많이 똑똑해졌네. 많이 배운 피디보다 더 똑똑하네.

- 피디라뇨?

- 네가 죽은 날, 방송국 차가 마을에 왔단다. 네가 깔려 죽은 것이 아니라 맞아 죽었다는 것을 밝히겠다고 말이야.

윤수야. 세상의 얼간이 중 그 첫 번째가 뭔지 아냐?

- 무모한 놈이라고 말씀하시려는 거죠?

- 그렇지. 진실을 말한다며 혼자 다른 얘길 하려고 하는 거란다.

- 그런 거 같아요. 아버지.

- 다른 생각을 하고 있더라도 남들이 다 그렇다고 하면 무조건 입을 다물어야 안전하게 살 수 있어.

- 하지만 아버지. 피디는 방송국 직원이니까 괜찮지 않을까요?

- 그럴까?

- 무슨 일이 있었나요?

- 노제가 방송되자 어디에선가 몰려온 사람들이 그 젊은 피디 멱살을 잡은 채 옥상으로 끌고 갔다더구나.

- 때렸나요?

- 무릎을 꿇게 한 다음 발로 밟고 뺨을 때렸다더라.

- 아버지가 저한테 한 것처럼요?

아버지는 한숨을 쉬었다.

- …죽였나요?

- 함부로 죽이진 않지. 죽이는 건 언제나 잃을 것 없고 성급한 인간들이나 하는 짓이야.

- 어쨌든 피디는 겁을 먹었겠네요.

- 학교폭력에 대해 취재하려면, 아이들 왕따 같은 것이나 다루며 시늉만 해야 한다는 것쯤은 깨달았겠지.

- 아버지. 요즘은 왕따 문제도 장난은 아니에요.

- 그래. 그런가 보더라.

- 어쨌든 이제 제가 깔려 죽은 것이 아니라 맞아 죽었다는 건 영영 세상에 알려지지 않겠네요?

- 그래. 알고 있는 사람들도 모두 입을 다물어 버릴 거야.

- 실장 녀석은 어떻게 되었을까요?

- 죄는 덮어졌지만, 그 값은 치르겠지.

윤수는 실장의 일기를 떠올렸다. 그 녀석도 자신만큼 외롭고 가엾은 인간이었다.

- 차라리 다 알리고 당당해지는 게 좋지 않을까요?

- 사람들은 누가 일부러 가르쳐 주지 않아도 세상의 공식을 따르며 산단다. 실장은 죄를 덮어 준 사람들에게 은혜를 갚으며 살게 될 거야.

- 그럴까요?

- 세상이 요구하는 대로 살아가 주는 것이 가장 안전해.

- 아, 그리고 아버지.

- 왜?

- 피디에게 폭력을 쓴 그 사람들은 어디에서 왔을까요?

- 우리 곁에 가까이 있던 사람들이 함께 어떤 신호를 받고 온 거지.

- 함께요?

- 그래. 혼자 하면 틀린 것이 되는 것도 함께하면 옳은 것이 될 수 있으니까.

- 그것도 세상의 공식인가요?

- 그렇단다.

윤수는 문득, 강풍의 부름에 따라 전깃줄 위로 몰려왔을 검고 긴 비닐들을 떠올렸다. 이렇게 죽을 줄 알았다면, 검은 망토가 늘어진 그 길을 따라 주말에 생일 선물을 사러 나갔어야 했는데, 그냥 죽어 버려서 현지에게는 정말 미안하다. 정말….

햇볕이 쨍쨍한 마을에는 강풍의 흔적은 없었다. 전깃줄에 걸렸던 검은 장막은 말끔히 거두어졌고, 절벽을 이루었던 해변에는 중장비가 다녀갔다. 바다는 에메랄드빛으로 넘실거렸고, 마을 슈퍼마켓에는 비키니를 입은 여자들이 생수를 사러 들락거렸다. 마을 사람들은 입과 눈을 크게 하고 오색 파라솔처럼 들떴다. 마을 회관 옥상에 있는 태극기는 해수욕장 개장에 맞춰 새것으로 교체되었다. 태극기는 뜨거운 태양 아래에서 하늘 높이, 아름답게, 펄럭였다. 곧 여름방학이 되었지만, 윤수는 달팽이 걸음보다 느린 죽음 같은 시간을 보낼 걱정은 하지 않아도 되었다.

내 이웃의
하나뿐인 존재

엄마는 교무실과 가까운 건물 우측 주차장 대신 외지고 한산한 좌측에 주차했다. 나는 엄마를 따라 내리지 않고 차 안에 남는다.

교문 앞에 서 있던 선도부마저 교실로 들어가자 운동장에는 인적이 없다. 우혜의 손을 잡고 저 운동장을 가로질러 교실로 들어가던 날들이 생각난다. 학기 초, 엄마는 교실로 바로 등교하지 말고 교문 앞 문구점에서 우혜를 기다렸다가 함께 들어가라고 했다. 내 짐작과 다를 수도 있지만, 어쩌면 그것은 곽의 부탁이었는지도 모른다. 선배들은 사해중학교 음악 선생님인 우혜 엄마를 곽이라고 불렀다. "곽" 하고 발음해 보면, 그 어감이 우혜 엄마와 묘하게 어울렸다.

가끔은 먼저 온 우혜가 나를 기다리기도 했다. 우혜의 손을 잡고 운동장을 가로질러 걷는 동안, 내가 다른 사람들의 시선을 전혀 의식하지 않았다면 거짓말일 것이다. 비록 한 달 남짓한 기간이지만 그때 분명 내게는 어떤 우쭐함이 있었다. 우혜도 나와 같은 기분이었는지는 알 수 없다.

낯익은 승용차 한 대가 교문을 지나 좌측 주차장으로 달려온다. 나는 시트 레버를 당겨 몸을 낮춘다. 차는 뒤편 약간 우측으로 거리를 두고 멈춘다. 차에서 내린 곽이 허리를 곧게 펴고 또각또각 소리를 내며 걸어간다. 나는 천천히 몸을 일으킨다. 엉덩이를 약간 좌우로 리듬 있게 흔들며 걷는 곽의 옆에 우혜가 종종걸음으로 따라붙는다. 우혜의 긴 머리가 곽의 걸음걸이처럼 리듬 있게 찰랑거리며 햇빛에 반사된다. 곽과 우혜의 몸은 군살 하나 없다. 이번 일 때문인지 둘 다 조금 더 마른 것 같기도 하다.

- 다미야. 이리 오렴! 우혜와 같이 들어가야지?

약간 허스키한 곽의 목소리가 내 몸속에 퍼지는 것 같다. 모두가 힘들다면, 여기서 멈출 수는 없는 것일까. 지금이라도 곽이 나를 향해 손짓한다면, 나는 무엇에 취한 듯 다가가 그녀들에게 순종할지도 모른다. 어느새, 우혜의 모습은 보이지 않고, 곽은 현관 앞에서 이쪽을 힐끗 돌아본 다음 안으로 사라진다.

　나는 어제 오후 병원에 다녀왔다. 엄마는 병원에서 발급받은 내 진단서를 근거로 결석계를 제출하러 교무실로 갔다. 엄마와 곽이 마주칠 것 같다. 나도 엄마와 함께 교무실로 들어가야 했지만, 나를 바라보는 선생님들의 시선을 견딜 자신이 없다. 처음부터 그런 시선 속에 살았다면 지금 좀 덜 힘들 것이다. 열네 살의 나, 내가 이렇게 될 줄은 사해리 마을 사람들 누구도 생각하지 못했을 것이다.
　이 마을, 사해리는 농어촌이라고 할 수 있지만, 제법 큰 규모의 기관들이 있다. 마을 초입에 대학병원 급의 사해병원이 멀리 바다를 바라보고 있다. 사해병원은 어느 재벌 총수가 고향인 이북과 가까운 이곳이 의료 사각지대라는 것을 안타깝게 여겨 특별히 지었다고 한다. 사해병원을 시작으로, 대기업 연구 단지와 대학교도 생겼다. 좀 더 북쪽으로 오면 멀지 않은 곳에 사해중학교가 있다.
　나는 이 마을에서 초등학교 때부터 주목받는 아이였다.

책 읽기를 좋아하고, 글짓기도 곧잘 했으며, 그림 그리기 경시대회에서 입상도 했다. 엄마는 학교 운영 위원을 줄곧 맡았고, 선생님들과도 각별했다. 정성 들여 만든 간식을 학교로 들고 오고, 이따금 우리 집인 '뤼미에르'에 선생님들이 오셔서 식사하며 와인을 마시기도 했다. 지난봄 어느 날에는 엄마가 참치회와 샐러드를 풍성하게 차려 놓고 선생님들을 초대한 자리에서 이렇게 말했다.

- 사해중은 아이들의 천국이에요. 이보다 더 좋은 곳은 없을 거예요. 가족적인 분위기에, 훌륭하신 교장 선생님에….

엄마를 바라보는 선생님들의 시선에서 불온한 기미는 찾을 수 없었다. 곽과 우혜를 만나지 않았다면, 나는 여전히 선생님들의 남다른 관심과 친구들의 선망 어린 시선을 받으며 학교생활을 하고 있을 것이다.

작년 겨울, 중학교 입학을 한 달여 앞둔 어느 날 오후였다. 근처의 병원 직원들이나 직장인들이 잠시 뤼미에르에 북적이다가 썰물처럼 빠져나간 시간, 엄마는 식기세척기에 접시를 넣고 있었다. 나는 늦은 점심을 준비하기 위해 레인지에 빵을 데우며 감자 수프를 젓는 중이었다. 그때 "찰랑" 하는 종소리가 나며 현관문이 열렸다.

검정색 레깅스에 주홍색 아디다스 잠바를 입은 여자아이와 자주색 코트에 갈색 머플러를 두른 여자가 들어왔다. 두 사람이 입은 옷의 색감이 따뜻하게 느껴졌다. 여자아이가 자리에 막 앉는 순간, 나와 눈이 마주쳤다. 여자아이는 가녀리고 조용한 분위기였다. 엄마가 물병과 메뉴판을 올린 쟁반을 들고 나갔다.

모녀로 보이는 두 사람이 주문한 스파게티를 다 먹었을 때, 엄마는 아무에게나 대접하지 않는 더치커피와 플레인 요거트를 넉넉하게 내갔다.

- 블루마운틴 더치예요. 와인처럼 숙성이 된 거죠. 요거트에는 시럽 대신 꿀을 아주 조금만 넣었고요. 두 가지 다 식사 후 괜찮을 거예요.

- 고마워요.

여자의 목소리는 허스키했고, 엄마를 향한 미소는 따뜻했다.

- 정말 좋네요.

여자가 커피 잔을 내려놓을 때까지 엄마는 여자 가까이에서 그 모습을 지켜보았다.

- 이제는 인풋(input)이 아니라 아웃풋(output)이 더 중요한 시대라고 하잖아요. 폴리페놀 성분이 함유된 것들을 신

경 써서 먹어 줘야 몸과 기분을 지킬 수 있어요.

나는 엄마가 평소와 다른 태도를 보이는 것 같아 조금 민망했다.

- 뤼미에르가 항산화 성분, 그러니까 폴리페놀 그 자체인걸요.

여자가 적극적으로 엄마를 상대해 주었다.

- 어머, 고마워요.

엄마가 수줍게, 감격에 겨운 듯이 허리를 굽히며 웃었다.

모녀가 돌아간 것은 해가 질 무렵이었다. 나와 동갑이라는 여자아이는 문을 나서며 나를 향해 웃으며 손을 흔들었다.

그날 이후, 곽은 줄곧 우혜를 우리 집에 데려다주고, 늦은 밤이나 하루가 지난 다음 데리러 왔다. 방학이지만 연수도 있고, 출장도 있다고 했다. 며칠 뜸할 때도 있었는데, 우혜는 곽과 함께 한 번의 국외 여행과 한 번의 국내 여행을 다녀왔다고 했다.

나는 우혜가 부러웠다. 그런 눈치를 알았는지 우혜는 나를 데리고 시내로 나가서 노래방도 가고 영화도 보여 주었다. 우혜를 통해 우혜가 다녔던 시내 학교 아이들과 친구가 될 수도 있다는 기대가 있었다. 하지만 우혜는 다른 친구들을 불러내지는 않았다. 우혜의 집에 갈 기회도 없었다. 나는 아빠가 왜 죽었는지 말했지만, 우혜는 가족이나 자신에 대해 거의 말하지 않았다. 그저 스마트폰을 들여다보며 게임을 하거나 음악을 들었다.

옷이나 신발을 살 때도 마치 처음부터 그 물건을 사려고 나온 것처럼 가장 먼저 손에 잡은 것을 가격만 확인하고는 바로 사곤 했다. 언제부터인가 나는 우혜와 소통한다기 보다는 그냥 '함께 있는 것'이라는 느낌이 들었다. 하지만 그 관계의 나날들은 나에게 설렘을 주었다. 이를테면, 우혜가 나에게 "다미야!" 하고 부른 다음, 시선을 아래로 한 후 말을 고르다가 천천히 고개를 들고는 "우리 아이비 화분 사러 다이소에 가 볼까?" 하면, 나는 거절하지 못했다.

중학교 입학을 사흘 정도 앞둔 날이었다. 늘 우혜를 어떤 시설이나 학원에 내려주듯 하며 좀처럼 안으로 들어오지 않던 곽이 노란색 겨울 장미를 한 아름을 안고 들어왔다. 꽃을 받아 든 엄마는 거의 울먹일 정도로 좋아했다. 그날 곽은 단호박 수프를 먹고 싶다고 했다. 나는 주방이 가까운 자리에 앉아 스마트폰으로 친구들과 메신저로 연락을 하고 있었다.

- 다미야. 이리 오렴.

겨울 볕이 드는 창가에 앉아 있던 곽이 부드럽게 나를 불렀다.

- 다미야. 빵 썰어 놓은 거 오븐 옆에 있지? 그것 좀 가지고 올래?

단호박 수프를 공손하게 내려놓던 엄마가 막 자리에서 일어서려는 나에게 말하며 곽의 맞은편에 앉았다.

- 정말 맛있네요.

곽은 천천히 수프를 떠먹었다.

나는 하얀 도자기 접시에 담긴 빵을 가져갔다.

- 고마워.

곽이 빵을 뜯어 수프에 담그며 부드럽게 말했다. 노란 수프 위에 뿌린 바질 가루는 내가 뜰에서 자란 바질을 거두어 엄마와 함께 햇볕에 말린 것이었다. 그래서인지 마치 빵과 수프를 내가 대접하는 것 같은 기분이었다.

- 올 때마다 느끼는 것이지만, 여긴 이곳만의 맛과 향기가 있어요.

- 그렇게 생각해 주시니까 정말 기쁘네요.

엄마의 얼굴에는 충만감이 차올랐다. 나도 엄마처럼 곽을 향해 공손하게 미소를 지어 보였다. 곽과 우혜는 사람을 순종하게 만드는 매력이 있는 것 같았다.

개학하는 날 아침, 엄마는 나를 학교 앞 문구점 근처에 내려주며 말했다.

 - 우혜를 기다렸다가 같이 들어가. 너는 사해초등학교를 나와서 초등학교 때나 지금이나 차이가 없겠지만, 우혜는 여기가 낯선 곳이잖아. 이 세상을 살아가는 데 혼자인 것과 둘의 차이는 엄청난 거야. 완전히 다른 상황이 되기도 하지. 무슨 말이냐 하면, 네가 먼저 우혜랑 친하게 지내면 아무도 우혜를 힘들게 하지 않을 거야.

곧 우혜가 곽의 차에서 내렸고, 우리 둘은 빙긋 웃으며 조금 간격을 두고 나란히 교실을 향해 걷다가, 운동장 중간쯤에서는 손을 잡고 걸었다.

어느 날 점심시간, 나는 2층의 교실 창가에 서 있었다. 아직은 찬 바람이 부는 논둑길을 걷는 곽이 보였다. 곽은 다른 여자 선생님들과 어울려 산책하고 있었다. 어쩐지 곽은 다른 세계의 사람인 것 같다는 생각이 들었다. 나는 괜히 곽 대신 엄마의 모습을 그 장면에 넣어 보려고 했다.

반장 선거를 하는 날, 사해초등학교를 다녔던 친구들이 나를 추천했다. 담임선생님이 말했다.

 - 또 다른 후보 없나? 본인 스스로 자신을 추천해도 상관없어.

우혜가 손을 들었다.

담임선생님은 비밀투표를 하자고 했다. 우리 반은 15명이었는데, 사해 출신이 3분의 2를 넘었다. 투표 결과는 한명이 기권, 7대7이었다.

"다미는 쭉 반장을 했다면서? 이번에는 시내에도 중학교가 여러 개인데 여기 사해까지 와 준 우혜를 환영하는 의미에서 기회를 주는 것이 어떨까?"

담임선생님의 말에 친구들이 하나, 둘 박수로 호응했다. 아이들이 모두 나를 보는 것 같아 나도 얼른 박수를 따라쳤다. 교단 앞으로 나온 우혜는 반장을 처음 해 본다고 했다. 담임선생님의 그 제안은 공정했을지도 모른다.

곽과 우혜가 멀어져 간 현관에는 노란 국화 화분이 나란히 줄지어 있다. 청색 톤의 퀼트 가방을 어깨에 멘 엄마가 그 사이로 걸어 나온다. 국화꽃과 이파리의 색감 때문인지, 바질 가루가 뿌려진 단호박 수프가 있던 뤼미에르의 따뜻한 정경이 떠오른다. 하지만 지금 엄마의 모습에서는 그런 공간의 주인이었다는 분위기를 찾아보기 어렵다.

엄마의 가방 안에는 볼펜으로 꾹꾹 눌러 쓴 여러 장의 글이 있다. 내가 쓴 글도 있고, 우혜가 내게 보냈던 편지도 있다. 내가 우혜를 가해하지 않았다는 증거라며 엄마는 그것들을 금쪽같이 안고 다닌다.

엄마는 복도에서 곽과 마주치기라도 했는지 식은땀을 흘리며 차 문을 연다.

- 가자.

엄마는 곧 쓰러질 것처럼 보인다. 안전벨트를 매는 손이 가늘게 떨린다. 평소 큰소리를 내며 자기주장을 펼치는 사람이 아니긴 해도, 엄마가 편안한 꽃길만 걸어온 건 아니다. 그런 엄마를 지금 휘청거리게 하는 것은 내가 '피해자'가 아닌 '가해자'로 몰리고 있기 때문이다.

- 괜찮아?

엄마는 고개를 끄덕이며 운전대에 손을 얹는다.

- 너는?

나는 괜찮다고 말한다. 한 달간 결석하겠다는 신청서를 냈는데, 괜찮을 수는 없다. '학교폭력대책자치위원회'가 열리고 거기서 내가 '가해자'로 결론이 나면, 나는 학교를 떠나야 할지도 모른다.

- 이대로는 안 되겠어. 소송에 대비하려면 엄마 진단서도 필요하니까 병원으로 다시 가자.

엄마가 무너질까 두렵다.

여름방학이 끝나고 개학한 지 며칠 되지 않은 어느 날이었다. 태풍이 오자 학교는 임시 휴교를 했다. 나는 우리 반 전원을 메신저 그룹 채팅에 초대했다. 열다섯 명 중 세 명이 들어오지 않았다. 우리는 학교를 하루 쉬는 것이 좋았지만, 외출을 할 수 없다는 것에 대해서는 안타까워했다.

탄식과 발랄함이 난무한 채팅이 줄줄이 이어지던 어느 때, 나는 누구도 우혜의 말에 반응을 보이지 않는다는 것을 알게 되었다. 우혜 엄마인 곽이 평소 우혜의 스마트폰 사용 시간이나 서로 주고받은 메시지 내용을 확인한다는 것을 알고 있기 때문이었다. 곽은 그 사실을 학생들에게 굳이 숨기지 않았다. 게다가 여름방학 동안에 일어난 일도 영향을 주었을 것이다.

여름방학 동안 '원어민 영어교실'이 개설되어 우리는 2주간 등교했다. 복장은 자유였다. 어느 날, 2학년 언니들이 나를 학교 뒤로 불렀다. 2학년은 무릎 위에 올라오는 핫팬츠를 입어도 되지만, 1학년은 무릎을 덮는 반바지를 입어야 한다고 하며, 반장인 우혜에게 그 말을 반드시 전하라고 했다. 나는 2학년 언니들이 한 말을 우혜에게 그대로 전했다. 하지만 우혜는 여전히 아침마다 흰색 핫팬츠를 입고 곽의 차에서 내렸고, 우리반 아이들에게 그 사실을 전달하지도 않았다. 2학년 언니들은 나를 다시 학교 건물 뒤편으로 불렀다.

  - 앞으로 계속 우혜, 그 기집애가 핫팬츠를 입고 오면, 다미, 너 책임이야.

2학년 반장이 다가오더니 내 뺨을 때렸다.

  - 억울하면 학폭 열어. 지조도 없는 기집애! 선생 딸이 그렇게도 좋아?

그 일 이후 나는 난처해졌고, 휴교령이 내린 그날 채팅방에서도 다른 친구들의 눈치를 볼 수밖에 없었다.

태풍이 물러간 다음 날, 종례를 마치자 담임선생님이 나를 교무실로 불렀다. 전날 채팅에서 있었던 우리의 대화창이 캡처되어 담임선생님의 책상 위에 여러 장 놓여 있었다. 낯 뜨거운 대화도 있었다. "이민호 어때?" 누군가 내게 이런 말을 했다. "내 취향 아니야. 난 원빈." 또 누군가 말했다. "다미, 너 남자 편력 있는 거 아냐?"

  - 다미, 너 꿇어앉아서 반성문 써.

담임선생님이 나를 한심한 눈초리로 바라보았다.

  - 왜요?

  - 너 우혜랑 말 안 하지?

나는 머뭇거렸다.

- 곽 선생님이 학폭위원회 개최를 요구했어. 다미, 넌 가해자 신분이고, 피해자는 우혜. 이게 그 증거물이고….

담임선생님이 책상 위에 놓인 종이를 가리켰다.

- 선생님. 그건 말도 안 돼요.

- 우혜 글에 한 번도 반응을 보이지 않고, 너희 말로 '완전히 씹은 것' 같은데?

- 저만 그랬던 게 아니잖아요.

- 너는 우혜랑 둘도 없는 친구였잖아. 그런데 갑자기 등을 돌리니까 왕따 주동자라는 말을 듣는 거야.

- 선생님! 제가 오히려 방학 동안 우혜와 2학년 언니들 사이에 끼어 많이 힘들었어요. 그런데 왕따 주동자라고요?

- 일이 커지기 전에 얼른 반성문 써.

- 학교 선생님 딸이랑 친구로 지내려면 한 번도 싸우거나 사이가 안 좋으면 안 되나요?

- 야! 그뿐 아니잖아. 쪼끄만 것들이 남자 편력이니, 취향이니, 뭐 하는 짓들이야.

그날, 집으로 돌아온 나는 창가에 앉아 주방에서 커피 원두를 볶고 있는 엄마를 바라보았다. 긴 머리를 뒤로 묶고 자잘한 꽃무늬가 있는 연두색 톤의 두건을 쓴 엄마는 멀리서 보면 언뜻 소녀처럼 보였다.

- 저기… 엄마.

나는 용기를 내어 엄마를 불렀다.

- 왜?

엄마의 안색은 지쳐 보였다. 퀭하게 들어간 눈, 창백한 표정. 늘어진 어깨….

메뉴라야 스파게티 종류와 천연 발효 빵에 단호박 수프, 커피, 허브차가 전부이지만, 혼자 음식을 하고 설거지까지 해야 하니까 그럴 만도 했다.

- 엄마, 요즘 곽 선생님이랑 자주 연락해?

- 그건 왜?

- 아니, 그냥.

엄마는 손을 닦고 창 쪽으로 다가와 탁자를 사이에 두고 내 앞에 앉았다.

- 무슨 일 있지?

- 엄마도 아는 거 있어?

- 말해 봐.

나는 반성문을 쓰게 된 이유를 말했다.

- 내일 담임선생님이 엄마에게 전화할 거야. 학폭위원회를 연대.

엄마는 주방으로 가서 엄마의 스마트폰을 가지고 왔다.

- 곽 선생님. 무슨 일이시죠? 다미와 제가 잘못한 게 뭔지 잘 모르겠어요.

엄마는 힘없이 스마트폰을 내려놓았다. 곽이 먼저 전화를 끊은 것 같았다. 엄마는 뤼미에르에 오는 손님들의 명함을 탁자 위에 펼쳐 놓고 밤늦도록 여기저기 전화했다. 먼저 방으로 들어와 누운 나에게 엄마가 말했다.

- 엄마가 할 수 있는 건 다 할 거니까 걱정하지 마. 교육청에 민원도 넣고, 필요하면 변호사 선임해서 소송도 할 거야. 넌 아무 신경 쓰지 말고 공부만 해. 엄마가 다 알아서 할 거야.

엄마가 내 스마트폰 배터리를 빼버렸다.

- 아무하고도 연락하지 마. 이건 있을 수 없는 일이야. 분명히 뭔가 잘못된 거야.

엄마는 분노와 당혹감을 감추지 못했다.

엄마는 평소 엄마답지 않게 거칠게 운전한다. 엄마의 옆얼굴은 창백하다. 두렵고 불안한 것 같다. 어쩌면 나는 정말 학교에 다시 갈 수 없을지도 모른다는 생각이 든다.

논둑에는 코스모스와 억새가 출렁이고, 황금 들녘 저 멀리 수평선이 보인다. 곧바로 병원으로 바로 가지 않아도 된다면, 또 내가 운전하고 있다면, 나는 도로와 노란 들녘을 지나 바다로 가고 싶다. 악역과는 거리가 먼 엄마가 이 일을 치르는 모습을 지켜봐야 한다는 게 두렵다. 혼자인 엄마, 동료 교사들에 둘러싸여 있는 곽….

나와 우혜, 아니, 엄마와 곽의 싸움은 아직 시작도 되지 않았다.

나는 안심하고 다시 학교에 다닐 수만 있다면, 무릎을 꿇든, 아니면 싸워서 이기든 어느 쪽도 상관없다. 희망이 있는 쪽이 좋다. 엄마는 학부모이고, 곽은 교사다. 싸우는 것이 힘들다면, 그동안 엄마가 선생님들의 마음을 사로잡고 살았던 방법으로라도, 나를 구해 줬으면 좋겠다.

엄마는 여전히 이 마을 뤼미에르의 주인이다. 뤼미에르는 사해리 마을에서 조금 특별하다. 우리 집인 뤼미에르는 해안과 노란 들판과 병원을 멀리 바라보며 야트막한 산언덕에 있다. 봄, 여름, 가을 내내 이름을 다 알 수 없는 이국적인 꽃들과 여러 가지 야생화로 둘러싸인 프로방스풍의 건물이다.

아빠는 이 마을 출신으로 호텔 조리학을 공부한 후 두바이로 날아가서 호텔 요리사로 십여 년간 일했다. 아빠는 농사는 하지 않으면서도 아름다운 자연 풍광을 가진 고향에서 살 방법에 대해 일찍부터 고민했다고 한다. 아빠도 사해종합병원을 지은 재벌 총수만큼이나 고향을 사랑했던 것 같다. 두바이에서 돌아온 아빠는 붉은 벽돌과 목재를 써서 직접 뤼미에르를 지었다. 벽을 타고 오르는 담쟁이와 계절마다 넓은 뜰에 피는 꽃 천지의 뤼미에르.

아빠는 일하는 사람을 따로 두지 않고 엄마의 보조를 받아 예약 위주로 레스토랑을 운영했다.

내가 자란 곳은 그 뤼미에르 2층이다. 2층에서 바라보면 멀리 바다가 보인다. 엄마, 아빠와 함께 바닷가 모래사장에서 놀던 기억이 있다. 어느 저녁, 해당화가 무더기로 피어 있는 곳에 돗자리를 깔고 앉아 집에서 가져온 쿠키와 우유를 먹으며 저녁노을을 바라보기도 했다. 어쩌면 그때 아빠가 이미 아팠는지도 모르겠다. 아빠는 뇌종양을 앓다가 내가 초등학교 3학년 때 돌아가셨다.

'레스토랑 뤼미에르'였던 간판은 '카페 뤼미에르'로 바뀌었다.

엄마는 아빠가 하던 메뉴를 대부분 줄이는 대신 빵에 정성을 들였다. 이스트를 쓰지 않고 건포도로 만든 발효액에 통밀 가루를 넣고 발효종을 키웠다. 엄마는 발효 상태를 점검하기 위해 자다가도 몇 번씩 아래층으로 내려가곤 했다. 천연 발효종 반죽에 꿀, 약간의 우유와 버터, 소금, 그리고 직접 키운 땅콩과 뒷산에서 주운 밤을 잘게 썰어 넣고 오븐에 구워 낸 빵의 이름은 '하나뿐인 빵'이었다. 뤼미에르 메뉴에서 하나뿐인 빵을 주문해 크림치즈를 바르고, 겨울에는 단호박 수프, 여름에는 샐러드를 곁들이면 맛과 비주얼 좋은 식사가 된다.

가게 문은 오전 11시부터 저녁 7시까지만 열고, 주말에는 쉰다.

쉬는 날이면, 엄마는 사람들을 불러 정원에서 자라는 민트류의 허브와 레몬 조각을 넣은 모히토를 만들어 함께 마시기도 한다. 내 친구들에게도 우리 집은 향기로운 놀이터였다. 엄마와 나는 경제적으로 여유롭지 않았고, 때로는 아빠의 부재로 울적함도 느꼈지만, 아빠의 유산 뤼미에르에서 우리는 그동안 남과 함께, 남다르게 살아왔다.

엄마와 나는 어제 내 진단서를 받은 병원에 도착한다. 딸을 등교할 수 없게 한 사람이 자신이 아닌 다른 누구라고 호소하고 싶은 것 같다.

- 어제 오셨는데, 다른 특이사항 있었나요?

의사가 차분하게 묻는다.

- 우리 다미, 학교를 쉬기로 했어요.

엄마는 버릇처럼 우리 다미, 우리 다미 하며 의사에게 말한다.

- 결국 그렇게 됐군요.

- 우리 다미는 더 이상 학교에 다닐 수 없을지도 몰라요.

- 그렇게 생각하는 이유는요?

- 학교에 가면, 숨을 쉴 수가 없대요.

- 다미가 대답해 볼까?

- 뭘요?

- 왜 숨을 쉴 수가 없는 거지?

- 눈빛이요. 사람들이 저를 보는 눈빛이 무서워요.

- 사람들이라면… 친구들? 특별히 너를 괴롭히거나 하지는 않지?

- 모두 변했어요. 저를 예뻐해 줬고, 가족 같은 관계였잖아요."

나는 엄마가 곁에 있다는 것을 의식하며 의사에게 항의한다. 엄마는 고개를 숙이며 고통스러운 표정을 짓는다. 이 모든 건 엄마 때문이야. 엄마 때문이라고. 내가 그렇게 절규하고 있다는 것을 엄마는 알아야 한다.

- 다미 어머닌 어떠신가요?

엄마는 무엇을 억누르듯 숨을 가다듬으며 허공을 올려다본다.

- 곽 선생님에 대해서 어떤 감정이죠?

- …죽이고 싶죠.

엄마는 그렇게 내뱉고 고개를 숙인다.

- 학폭위원회는 열린다고 하던가요?

- 그걸 막아야 하는 거잖아요?

- 이제 더 어떻게 하실 생각이세요?

- 열린다고 해도 우리와는 상관없는 일이에요. 절대로 나가지 않아요. 정말 말도 안 돼요. 우리 다미가 가해자라뇨? 가해자라니….

엄마의 목소리가 커졌다가 사그라진다.

- 그 얘길 위원회에 출석해서 말할 수는 없는지요?

- 그 여잘, 그 여잘 거기서 만나면, 아마 내 손으로 목을 조를 수도 있어요.

- 다미는?

- 저는 나가서 밝히고 싶어요.

- 그럴 필요 없다고 했잖아. 가해한 적이 없는데, 학폭위원회인지 뭔지 하는 그런 델 왜 나가야 하냐고요? 그건 말도 안 돼요. 우리는 우혜를 도와줬어요. 그 여자가, 곽 선

생님이 저한테 먼저 접근해서 우혜가 학교생활을 잘 할 수 있도록 다미가 도와줬으면 좋겠다고 했어요. 우혜가 몸이 약해서 시내 중학교 대신 사해중학교에 직접 데리고 다닐 거니까 도와달라고 했어요. 그런데 어떻게 그렇게 돌변할 수가 있는 거죠?

돌변하는 게 인간이라는 것을 엄마도 지금 보여주고 있다. 엄마는 평소 이렇게 거친 모습을 보여준 적이 없다. 곽도 엄마를 그런 사람으로 봤을 것이다. 동료 교사들과 산책하던 곽의 모습이 떠오른다. 곽은 돌변한 것이 아니라 엄마를 이용하려고 했을 뿐이다. 나는 알았다. 곽은 친구가 될 마음은 없는 다른 세계의 사람이라는 것을.

나는 평정심을 잃은 엄마를 이해하지만, 안타깝기도 하다. 엄마가 의사 선생님 앞에서가 아니라 곽 앞이나 학폭위원회에 출석해서 그렇게 말할 수 있는 사람이라면 후련하겠다.

- 저는 잘 모르겠지만 정당한 사유 없이 출석하지 않으면 그쪽이 주장하는 대로 결론이 날 수도 있다고 하니까 걱정이 됩니다.

의사의 말에 엄마가 소리를 높이며 울먹인다.

- 조금 전에도 복도에서 곽 선생님이랑 마주쳤다고요.

앞으로 자길 선생님이라고 부르지 말라고 하더군요. 저랑 같은 학부모 자격으로 이 건에 임하겠대요. 저한테 어떻게 그런 말을 할 수가 있는지 모르겠어요.

- 그 말이 위협적으로 느껴졌나요?

- 배신감을 느꼈고, 저를 얕잡아 보는 말로 들렸어요. 제 진단서도 필요해요.

- 알았습니다. 일단 두 사람은 늘 함께 지냈으면 좋겠어요. 주변에 믿을 만한 사람이 있으면 함께 의논하시고, 하루에 두 번 약 드시는 거 잊지 마십시오.

엄마는 진료실을 나와 병원 주차장으로 오는 동안, 헉헉 숨을 쉬며 하늘을 쳐다보면서 걷는다. "나쁜 년! 나쁜 년!" 엄마는 차 문을 열고 퀼트 가방을 내동댕이친 채 차 모서리를 주먹으로 쾅쾅 치다가 운전석으로 무너진다. 엄마에게 약을 먹여야 한다.

나는 뤼미에르 2층 내 방에서 잠이 든다.

쿵쿵 소리가 나더니 거친 감촉이 얼굴에 느껴진다. 마치 조개껍데기를 벌리듯 필사적인 힘에 내 입이 조금 열리는 듯하다.

- 안 돼! 안 돼! 혀를 물면 안 돼!

내 입안을 비집고 들어온 무엇인가를 문다. 짧은 비명이 나더니 차가운 물질이 다시 입안에 단단하게 물린다.

- 다미야! 다미야! 안 돼! 안 돼!

엄마의 울부짖음 사이로 샤워기 소리가 난다.

젖은 이불 위에서 나는 덜덜 떨며 울음을 터트린다. 엄마는 내 몸에 담요를 둘러 차로 데려가 안에 태운다. 차 안에서 나는 다시 잠이 든다.

엄마와 가끔 드라이브하던 숲길이다. 엄마는 눈을 감고 운전석에 앉아 고개를 뒤로 젖힌 채 미동도 하지 않는다. 무릎 위에 올린 엄마의 손가락 두 개에는 붕대가 감겨 있다. 내 입에 숟가락을 밀어 넣다가 물린 것이다. 엄마의 감은 두 눈에서 천천히 굵은 눈물이 흐른다.

엄마는 하루하루 야위어 가는 아빠랑 나무가 터널을 이룬 이 숲길을 달리던 때를 말하곤 했다.

- 다미야. 아빠는 여기만 오면 생기가 돌았어. 아픈 거 털고 다시 건강해질 것 같은 얼굴이었지.

엄마의 눈물이 볼을 타고 목까지 흘러내린다. 며칠 사이에 엄마와 내가 사는 세계가 뒤집혔다.

학폭위원회 개최 통보가 왔다. 엄마는 어떤 경우에도 나를 가해자 측이라고 불리는 자리에 앉힐 수 없다고 했다. 위원들은 대부분 마을 사람으로 구성된 학부모들이었다. 엄마는 어떤 위원과도 접촉하지 않았다.

나는 결국 학폭위원회에 출석하지 않았다. 일사천리로 진행된 위원회에서 나에 대한 분위기는 냉담했다고 한다. 나를 변호해 주는 외부 여론도 있었지만, 학폭위원회는 가해자 측 '이의 없음'으로 결정해 나는 명백한 '가해자'가 되었다.

어느덧 가을의 끝자락에 와 있다.

나는 다시 학교에 나왔다. 우혜의 자리는 비어 있다. 전학을 갔다고 한다. 곽은 새 학기가 되면 학교를 옮겨 갈 거라고 했다.

이제 하교 후에도 나는 어울릴 사람이 없다. 아무도 나에게 학교를 떠나라고 말하지는 않지만, 나와 친구들 사이에 거대한 기름띠가 둘러쳐졌다. 엄마와 마을 사람들 사이에도 그 기름띠는 있다. 어쩌면 뤼미에르 안에 사는 단 두 사람, 엄마와 나 사이에도 그 기름띠가 있다. 이따금 그 기름띠가 펄떡거리며 나를 칭칭 감아온다. 나는 목이 졸린 채 헉헉거리다 비틀거리며 바다로 가는 버스를 기다리곤 한다.

논둑을 걷고 도로를 건너 뤼미에르에서 멀어지며 해안을 향하는 동안 내 호흡은 조금씩 안정을 찾는다. 파도 소리가 가까운 마을 한가운데, 한 번도 어딘가를 떠나 본 적이 없을 것 같은 아저씨가 버스 정류장 벤치에 앉아 있다. 내가 멀지 않은 곳에 있는 이 바다를 자주 오지 않았듯, 아저씨도 저 언덕 위 뤼미에르는 알지 못하는 세계일 것이다.

버스는 한 시간에 한 번 온다.

나는 정류장을 지나 꽃이 진 해당화 무더기가 있는 바닷가로 간다. 바다는 변함없이 늘 바다로 있고, 해당화도 피고 지고를 반복하며 그곳에 있다. 파도가 치며 차가운 감촉이 얼굴에 닿는다.

나는 어릴 적 기억을 안고 바다에 다시 왔고, 우혜는 돌아갔다. 그저 불완전한 주인공들의 급한 몸짓으로 사소하지만은 않은 어떤 후유증이 남았을 뿐이다. 함께 했던 날들이 서로의 인생에 폴리페놀 성분 같은 것이었는지는 모르겠다.

나는 바다를 등지고 다시 마을 한가운데로 향한다. 아저씨는 여전히 정류장에 앉아 있다. 다닥다닥 붙은 집들 사이로 난 골목을 오가며 일생을 보냈을 아저씨에게 버스를 기다리는 것은 일상인 것 같다. 나는 아저씨를 대각선 각도로 바라보며 정류장에 선다. 마침 버스가 정차한다.

버스를 타고 내리는 사람들이 아저씨에게 말을 걸거나 웃으며 손짓한다. 그들은 아저씨의 어머니 친구거나, 형의 친구거나, 동생의 친구일 것 같은데, 아저씨의 친구는 단 한 명도 없어 보인다. 학교에 다니거나 또래와 어울릴 기회를 얻지 못해 일생에 단 한 명의 친구도 갖지 못했을 것이다.

마을이 어둠에 잠기며 횟집들의 등불이 더욱 선명해지자, 옅은 안개에 젖은 마을에 승용차들이 줄을 잇는다. 승용차에서 내린 고상한 분위기의 사람들이 정류장 맞은편에 있는 건물 안으로 들어간다. 샹들리에가 화려한 건물 2층, 커다란 통유리 사이로 하우스 콘서트가 열린다는 영상 자막이 보인다.

노출형 콘크리트 양식의 건물 야외 계단을 오르는 여자들이 곽을 떠올리게 한다. 남자 두 명과 계단을 오르며 허리를 젖히고 입을 가리며 웃는 여자를 보았다. 곽이었다면, 근처에 우혜의 그림자가 있을 수도 있다. 주홍색 잠바를 입었던 우혜가 보고 싶다.

버스가 십여 분간 정차하는 동안, 음악이 마을을 덮는다. 불빛을 받은 아저씨의 얼굴은 점점 선율을 따라가며 환

희에 차오른다. 그 앞으로 종일 바닷바람이 몸에 밴 마을 사람들이 무심히 집으로 돌아간다.

골목 안쪽에서 몇 걸음 걷는 것도 힘겨워 보이는 노인이 담벼락을 붙잡고 서서 숨을 몰아쉬며 누군가를 부른다.

- 명수야. 명수야. 밥, 먹어야재.

- 예. 엄마.

아저씨는 히죽 웃은 다음, 벤치에서 일어나 다리를 약간 절며 걸어간다. 골목 앞 횟집에서 새어 나오는 불빛은 꽃이 말라가는 벽돌담 밑의 백일홍을 비춘다. 나는 늙은 아들과 노쇠한 엄마가 천천히 골목 안으로 사라지는 모습을 바라보다가 버스에 오른다.

버스에는 나 혼자뿐이다.

바다는 바다이듯, 예순쯤의 아저씨는 노인의 '아직 어린' 아들이며, 우혜와 나는 엄마들의 단 하나뿐인 존재이다. 그런 존재로서, 존재한 날들이다.

아빠,
없다

눅눅한 대기가 짓누르는 여름날 아침, 나는 불현듯 일어나 출근할 때 입었던 옷들을 옷장에서 끌어내기 시작한다. 은서의 교복과 체육복, 수영복, 그리고 이런저런 일상복도 추려내어 차에 싣는다. 헌 옷 수거함 앞에 비상등을 켜고 차를 세운 후 수거함 투입구로 옷들을 밀어 넣는다. 다시 입을 일이 없는 옷들이 바닥으로 떨어지며 약간의 마찰음을 낸다. 마치 더는 필요하지 않게 된 존재들이 바닥으로 떨어지며 내는 신음처럼 들린다.

나는 쫓기듯 그 자리를 떠난다. 그리고 호숫가에 차를

세우고 천천히 걷는다. 은서가 학교에 다니는 동안 현장학습을 다녀오곤 했던 곳이다. 그때마다 스마트폰으로 사진이 도착했다. 야외에서 아이들과 함께 V자를 그리며 어정쩡하게 포즈를 취한 은서의 사진이었다.

은서의 그 어색한 모습, 직장인으로서의 내 모습도 그와 닮아간다고 느껴졌다. 차라리 은서를 직장으로 여기며 살아갈 수 있기를 바랐다. 은서의 손을 잡고 이 길을 걷고, 함께 여행하고, 그러다 어느 훗날 준비가 되면 산티아고 순례길을 걷고 싶었다. 우리 모녀에게 수직상승으로의 길은 없을 것이므로, 수평의 길이나마 꼭 그렇게 오래오래 걸어보고 싶었다.

지난해 겨울, 은서가 고등학교 마지막 방학을 맞으면서 나도 일을 그만두었다. 나는 외출이나 운동은 물론이고 책 읽기나 티브이 시청조차 거부하는 은서와 함께 먹고, 자고, 누워 뒹굴며 한 계절을 보냈다. 음식을 먹는 것 외에는 아무런 자극도 없는 일상이었던 겨울은 춥고 길었다. 봄이 왔을 때, 나는 5kg, 은서는 8kg의 체중이 늘어난 것 외에 우리에게 기억될 만한 것은 없다.

한 계절을 집 안에서 갇혀 지내다 보게 된 호숫가의 풍경은 이채롭다. 반짝이는 물빛, 삼삼오오 걷는 사람들, 사진 찍는 사람들, 베이지색 셔츠 자락, 감싸 안은 어깨, 그 풍경만으로도 숨이 트인다. 하지만, 오래도록 감상에 젖을 여유는 없다. 혼자 잠들어 있는 은서에게로 곧 돌아가야 한다.

아주 늦은 점심을 차린다. 조금 전 은서는 내가 들어오는 인기척을 듣고는 방에서 나오더니 냉장고로 가서 생선을 꺼내 싱크대 위에 집어 던졌다. 생선을 구워 달라는 요구다. 사실 점심은 매번 생선을 구워 먹게 된다. 은서 나름의 규칙에 따른 것이다. 은서는 아침엔 라면, 점심엔 생선, 저녁엔 닭이나 돼지고기를 냉장고에서 꺼내온다. 메뉴를 바꾸기는 어렵다. 내가 개수대 앞에서 생선을 손질하자 은서는 내 옆에 서서 그 모습을 가만히 지켜본다.

- 지느러미! 비늘! 프라이팬!

리듬을 넣은 이런 은서의 목소리를 다시 듣고 싶지만, 은서는 졸업 후 입을 완전히 닫았다.

밥을 차려주자 은서는 식탁에 앉아 의식을 치르듯 생선을 정리하고 있다. 접시에 담긴 생선을 두어 번 만지며 반듯하게 정렬하고, 마치 회를 뜨듯 포크를 이용해 능숙한 솜씨로 생선의 지느러미를 떼어낸다. 그리고 윗부분의 살을 발라내어 옆에 나란히 뉘어 놓고, 다시 뼈를 통째로 일으켜 세운다. 나는 얼른 냅킨 한 장을 뽑아 접시 옆에 놓아 준다. 이건 잊으면 안 되는 절차다.

은서는 뼈를 냅킨 후에 던지고는 몸을 흠칫하며 자세를 한번 고쳐 앉는다. 다시 밥그릇과 접시를 횡으로 나란히 놓고, 생선 살을 잘게 나눈다. 밥을 먹는 동안 생선 접시와 밥그릇이 똑같이 비워지도록 밥과 생선의 양을 가늠한 것이다.

은서랑 대화할 수 없다고 해도, 나는 은서가 밥을 먹는 동안 자리를 뜨거나 다른 일을 하지는 않는다. 비록 잠시이긴 하지만, 딸을 두고 혼자 나가서 꽃잎도 보고, 햇볕에 반짝이는 물빛도 보는 호사를 누렸다. 그런 내가 지금 은서에게 해줄 수 있는 건 이게 전부다.

은서가 갑자기 숟가락을 던지듯 식탁에 내려 놓았다가 다시 집어 들기를 반복한다. 은서를 자극하면 자해할까 두려워 나는 늘 전전긍긍한다.

- 은서야! 왜? 뭐 해줘?

은서는 여전히 그 행동을 반복한다. 그러다가 벌떡 일어나 욕실로 들어가더니 문을 닫아버린다. 세찬 물소리가 들린다. 이어 개수대에 물이 넘치는 소리가 난다. 다시 손으로 세면기 물을 치는 소리와 "으윽" 하는 신음이 들린다. 나는 욕실로 뛰어간다. 욕실 문을 열자 은서는 거울을 보며 주먹을 불끈 쥐고는 "으윽" 하며 짧게 소리를 내 지른다. 내가 수도꼭지를 잠그려고 하자 그 소리는 금속성 소리로 날카롭게 바뀐다. 몸을 닦아 주려고 수건을 들고 다가가자 은서는 수건을 빼앗아 들고는 있는 힘을 다해 얼굴을 문지른다. 그러고는 시뻘건 찰과상이 남은 얼굴로 나를 바라본다. 종종 있는 일이지만, 나는 은서의 이런 행동을 멈추게 하는 방법을 알지 못한다. 봄이 된다는 건, 은서에게 다시 가방을 메고 엄마 차로 학교에 가는 것이다. 은서는 지금의 달라진 일상을 이해하지 못하는 것 같다.

가끔 우리 모녀의 안부를 묻는 전화가 오기도 한다.

- 은서, 데리고 있으면 어떻게 하냐? 어딜 보내서 뭐라도 가르쳐야지.

- 어디로 보내면 좋을까요? 지금까지 보냈고, 결국은 이렇게 된 거잖아요? 이제 집 안에만 처박혀 있다가 겨우 차나 타고 나갔다가 오는데, 어디로 또 보내서 뭘 가르쳐야 할까요?

은서는 어린아이가 낯가림하듯 사람을 많이 가린다. 집

안에 다른 사람이 머무는 것에 심한 거부감을 보인다. 그것은 곧 엄마가 원인인 게 된다. 아이를 타인으로부터 소외시키려는 자격 미달자, 나는 '안부'가 '추궁'으로 번지는 게 싫어서 전화조차 잘 받지 않는 사람이 되어 간다.

나는 거실로 나와 소리가 밖으로 나가지 않도록 집 안의 모든 문을 닫는다. 한참 후 욕실에서 나온 은서는 젖은 옷을 벗으며 성난 얼굴로 외출복을 만진다. 나는 서둘러 은서에게 옷을 입힌다. 옷을 다 입은 은서는 현관으로 나가 신발을 신고는 현관문을 열어젖힌다. 나는 아직 외출 준비가 안 되었지만, 어쩔 수 없다. 이대로 나서야 한다.

운전석에 올라 시동을 걸지만, 다음은, 언제나 막막하다. 이제 어디로 가야 하나. 은서와 함께 도착할 수 있는 곳은 없다. 밤과 낮, 평일과 주말, 계절, 명절, 휴가, 기념일, 모든 것이 우리에게는 아무런 의미가 되어 주지 못한다. 의미가 없는 세상에서 의미 없는 존재로 산다고 해도, 살아있다는 증명이라도 하듯 어디로든 다녀와야 한다.

나는 기다리는 사람도, 반길 사람도 없다는 사실을 안은 채 은서를 차에 태우고 길을 따라 무작정 달린다. 내가 없는 은서의 삶에 대해 생각한다. 또 은서를 낳으면서 달라진 내 평판과 내 인간관계에 대해 생각한다. 그리고 웃는다. 인생이란 이런 거구나. 이런 거였구나.

오늘은 남편이 직장을 쉬는 토요일이다. 남편과 나는 은서를 데리고 병원으로 향한다. 차 안에는 무거운 침묵만 흐른다. 은서가 자폐성 발달장애 진단을 받았을 때, 남편과 내가 한 약속은 우리가 편하기 위해 은서에게 정신과 약을 먹이거나 시설에 보내지는 말자는 것이었다. 그러나 어제 저녁 남편이 말했다.

- 우선 은서부터 진정시켜서 당신 쉴 시간을 만들어 보자.

병원에 도착했지만, 예상대로 은서는 차에서 내리려고 하지 않는다.

- 내가 먼저 저기 가서 서 있을게.

남편은 병원 현관 앞으로 걸어가서 우리 쪽을 향해 손을 흔든다.

- 아빠 저기 있네. 저기로 가자.

나는 차에서 내려 은서가 앉아 있는 뒤쪽 문을 열며 은서에게 말한다. 하지만 은서는 문을 거칠게 닫는다. 차창 밖에서 은서의 이름을 부르며 애원한다.

- 은서야, 아빠한테 가자. 저기 아빠 있네.

지나가는 사람들이 힐끔힐끔 쳐다본다. 30여 분 정도는 지난 것 같다. 기적처럼 은서가 문을 열고 차에서 내린다. 나는 얼른 은서에게 손을 내민다. 은서가 내 손을 잡는 걸 저 멀리서 본 남편이 천천히 다가온다. 나는 은서의 손을 잡고 남편을 향해 조심스럽게 걸어간다. 남편이 애써 다정하고도 귀여운 표정을 지으며 말한다.

- 은서야! 안녕!

- ….

은서는 여전히 말이 없다.

남편과 내가 은서의 손을 잡고 병원 현관문을 들어서는 순간, 은서가 비명을 지르기 시작한다. 마치 유리가 바닥에 떨어지며 산산조각이 나는 느낌이다. 은서가 익숙하지 않은 분위기에 놀란 것 같다. 대기 중인 사람들이 놀라며 우리를 쳐다본다. 곧 덩치 큰 안전요원 두 명이 뛰어온다.

- 안 돼요. 다가오지 말고 저리 가요!

남편이 안전요원들을 제지하며 은서를 안고 서둘러 밖으로 나간다.

나는 간신히 처방전을 받는다.

요구르트에 탄 약을 받아먹은 은서는 잠시 히죽이 웃다가 이내 잠이 든다. 그리고 아주 오래도록 잔다. 비로소 나는 은서가 자는 동안 소파에 앉아 티브이를 볼 수 있게 되었다. 은서는 평소 티브이나 컴퓨터, 스마트폰 소리를 거부한다. 리모컨과 스마트폰, 마우스는 항상 거실 탁자 위에 가지런히 놓여 있어야만 한다.

발달장애 소년이 산에서 길을 잃어 실종된 지 열흘이 넘었다는 뉴스가 나온다. 나는 탁자 위에 놓인 노트북을 켠다. 아이와 그 가족을 걱정하는 댓글보다는 아이와 함께 산을 오르던 엄마가 의심스럽다는 댓글이 계속 늘어나고 있다. 만약 은서와 내가 함께 걷다가 그런 상황이 된다면? 그런 가정을 하자 가슴이 두근거리고 식은땀이 나기 시작한다. 소리를 지를 것만 같다. 나는 냉장고에 가서 은서에게 먹이던 약을 한 봉지 입안에 털어 넣는다. 나는 매일 악몽을 꾼다.

나는 고속도로 위에 있다. 휴게소에 가서 은서가 좋아하는 돈가스라도 사 줄 생각에서다. 비교적 집에서 가까운 거리에 휴게소가 있으니 거기에 들렀다가 다음 요금소에서 유턴해 돌아오면 될 것이다.

산 중턱에 자리 잡은 휴게소는 사방이 안개로 덮여 있다. 이른 시간인데도 주차된 차들이 제법 많다. 나는 은서의 손을 잡고 휴게소 안으로 들어가서 돈가스를 주문한다. 돈가스를 주문하고, 기다리고, 다시 돈가스를 받으러 가는 동안에도 나는 은서의 손을 꼭 잡고 있다. 만약 은서를 잃어버리게 된다면, 뭇사람들은 어디에 있는지 모를 아이에 대한 걱정보다는 발달장애를 앓고 있는 딸을 데리고 휴게소로 간 엄마에게 시선을 모을 것이다.

나는 은서와 마주 앉아 돈가스를 먹기 좋은 크기로 자른다. 나를 지켜보는 은서의 뺨에 갑자기 눈물이 주룩 흘러내린다. 은서는 참았던 울음을 터트리며 서럽게 흐느끼기 시작한다. 나는 안절부절못한다. 무언가 또 은서의 리듬에 균열이 온 것 같다. 그것이 무얼까. 울지 말라고 달래면 오히려 포크를 소리 내어 내려놓기라도 할까 봐 나는 조용히 은서 앞에 돈가스 접시를 밀어 놓는다. 순간, 은서가 접시를 바닥으로 밀쳐 버린다.

- 아빠, 없다! 아빠, 없다! 윽! 윽! 윽!

은서가 비명을 내지르고, 모든 사람의 시선이 우리 모녀에게로 온다. 나는 눈을 감고 귀를 막으려고 하지만, 은서와 같이 "악! 악! 으악!" 하며 소리라도 지르고 싶지만, 그럴 수는 없다. 은서를 지켜봐야 한다.

- 요즘 계속 이불을 돌돌 감고 자더니. 가위눌린 거야?

남편이 걱정스러운 표정으로 나를 내려다보며 내 몸에 감긴 이불을 펴 준다.

- 당신, 당분간 집을 떠나서 좀 쉬는 게 좋을 것 같아. 너무 힘들게 보여.

- 우리 여건에 힘든 일이잖아.

- 가족 중 한 명이라도 잘못되면 도미노처럼 모두 무너지는 거니까 당신부터 회복해야 해. 내가 퇴직하고 은서를 돌볼게.

- 나는 괜찮아.

- 괜찮긴. 당신까지 약을 먹는 거잖아?

남편은 내게 장기 여행을 권유한다.

- 이젠 안 먹을게.

- 은서를 돌보는 일은 우리가 죽을 때까지 끝나지 않는 일이야. 이제는 돌본다기보다는 그냥 함께 살아야 하는 거니까, 결심을 해야 해.

남편은 3개월 치 분량이 든 약봉지를 꺼내 들고 창고로 향한다. 무슨 일을 하려는 걸까. 나는 말없이 뒤따른다. 남편은 창고에서 삽을 들고 나와 마당 귀퉁이에 있는 살구나무 앞에 가서 선다. 그리고 잠시 심호흡을 한 후, 나무 아래 한 지점을 골라 땅을 파기 시작한다. 곧 약봉지는 모두 구덩이 속에 던져진다. 남편은 잠시 고개를 숙여 약봉지를 내려다본다.

- 약은 희망이고 선이어야 하는데, 지금은 그렇지를 못해. 내가 약 안 먹이고 어떻게든 해 볼게. 당신은 좀 쉬어.

남편은 구덩이에 흙을 덮고 꼭꼭 밟아 다진 후, 다시 그 위에 커다란 돌을 얹어 놓는다.

남편이 집에 있게 되면서 은서에게 조금씩 변화가 보이기 시작한다. 이상 증세도 보이지 않고, 한결 편안한 모습이다. 아빠가 잠시만 보이지 않아도 찾아다닌다. 하지만 나는 집을 완전히 떠날 수는 없다. 장기 여행 대신 대학원에 진학하기로 했다. 공부를 좀 더 한다면 앞으로 은서와 살아갈 날에 대한 답을 얻을 수도 있을 거라며 스스로 명분을 만들고 위안한다. 산티아고 길을 걷는 건 나중에 은서와 함께 가겠다는 희망으로 남겨두기로 한다.

전철역에서 내린 나는 앞서가는 딸 또래 아이들의 하얀 발뒤꿈치에 눈길을 주며 캠퍼스 안으로 걸어간다. 찰랑거리는 긴 머리칼, 개성 있는 차림들, 막 움트는 목련의 뽀얀

생동감, 그러나 이런 것들은 나와는 상관없는 풍경 같다. 이 싱그러운 풍경 속에 있을 사람은 내가 아니라 딸이어야 한다는 생각이 머릿속을 떠나지 않는다. 고개를 숙인 채 나는 아이들을 지나쳐 채 빠르게 걷기 시작한다.

오늘 수업에서 나는 한나 아렌트의 《전체주의의 기원2》에 언급된, 나치 시절 그들이 장애인 살해 명분으로 내세운 '윤리적 문제'에 대해 약식으로 발제하기로 되어 있다. 담당 교수가 들어오고 수업이 시작되자, 나는 자리에서 일어난다.

- 저는 오늘 한나 아렌트의 저작인 《전체주의의 기원2》에서 언급된 '안락사'를 주제로 발제하고자 합니다. 《전체주의의 기원2》에서 한나 아렌트는

"히틀러가 전쟁 초기에 정신이상자를 살해하라고 명령한 것은 먹여 살릴 필요가 없는 식충이로부터 벗어나려는 욕망 때문이라는 연합국의 의심도 역시 정당하지 못한 것이었다."

라고 하고, 또 이 글에 대한 각주에서는

"히틀러에 의해 안락사 프로그램을 수행할 임무를 맡은 의사 중의 한 명인 카를 브란트는 그 프로젝트가 불필요한 식충이를 제거하기 위해 착수되었다는 혐의를 완강히 부인하며 그 조치들은 단지 '윤리적 고려'에 의해 지시되었다."

라고 했습니다. 저는 이 '윤리적 고려'라는 의미에 대해 의문이 있습니다. 많은 의견 부탁드립니다.

- 그것은 아마도 지배계층 차원에서의 윤리적 고려일 것입니다. 전쟁에 참여할 수 없는, 혹은 전쟁 중인 나라에서 생존하기 어려운 장애인을 위한 윤리적 고려라는 것이죠. 우리는 이것이 당시의 어떤 사상과 사회적 배경 속에서 이루어진 것일까를 토론해 보는 것에 의미를 두어야 한다고 생각해요. 인간 본성의 문제도 함께 이야기해 보면 좋겠지요.

담당 교수가 먼저 토론의 방향에 대한 의견을 제시한다.

- 그렇다면 그것은 생존이 어려운 생에 대한 안락사 같은 것이라 할 수도 있겠습니다. 하지만 이런 경우는 일종의 '강요된 희생'이 아닐까요?

C다.

- 고대의 제의에 쓰이는 희생물에는 그에 기댄 염원이

있었고, 근대적 개념의 국가나 사회, 집단 등에서 발생하는 희생자에는 비록 가증스럽더라도 그를 기념하는 헌사가 따르지 않습니까? 이런 경우는 그저 학살일 뿐이라 생각합니다.

대표를 맡은 다른 학우가 약간 상기된 표정을 지으며 말한다.

- 우리는 학문을 탐구합니다. 어떤 사건에 대해 정의를 내리거나 단죄하려는 시도는 그 자세가 아닐 것입니다. 그것이 희생인지, 학살인지, 유희인지, 또 다른 어떤 것인지를 정의하는 건 우리의 몫이 아니지요. 이 시간은 그 하나하나의 가능성을 토론해 봄으로써 인간과 사회의 유기적 관계를 알아가는 것에 의의를 두면 좋을 것 같아요.

다시 담당 교수가 조언한다.

- 그것이 당시의 지배계층 차원에서의 윤리적 고려라고 한다면, 피지배계층인 당사자 부모들이 가졌던 윤리의식은 어떤 것이었을까요. 종반기를 제외하면, 상당히 오랜 기간 시행된 이 프로젝트에 큰 반발은 없었던 걸로 압니다. 이와 관련해서 토론을 이어가는 것은 어떨까요?

나는 초점을 가해자에서 피해자로 돌려 문제에 접근해보고자 발제자로서 의견을 낸다. 그러나 별다른 호응은 없다.

강의가 끝나자 학우들은 제각기 흩어진다. 6시다. 나는 화장실에 들렀다가 구내식당으로 향한다. 식당에 들어서니 먼저 와 밥을 먹고 있던 C가 내게 손짓한다. C는 종종 도서관에 남아 공부하는 경우 여기서 밥을 먹기도 한다.

- 오늘 발제 좋았어요. 많은 걸 생각하게 하더군요.

식판을 탁자에 내려놓으며 마주 앉는 내게 C가 말한다.

- 사실 발제를 하긴 했지만, 의문만 있을 뿐 답을 찾지는 못하겠어요.

- 답은 이미 나와 있기도 하고, 또 없기도 한 것 아닐까요? 세상에 일어나는 일들은 새로운 게 아니라 반복적이거나 지속적인 것 같아요.

- 좀 더 말하면요?

- 그 무엇이든 유사한 상황이 오면 그건 또 일어난다는 거죠. 현대인들은 절대 그렇지 않을 것 같지만, 조건만 갖춰지면 유대인 학살이나 안락사 같은 일들이 일어날 수 있다는 거죠. 다만 명분은 조금씩 바뀌겠죠.

- 그렇군요.

사실은 그렇군요, 대신 "그렇다면, 어떻게 살아야 할까요?"라고 묻고 싶었지만, 그것은 C가 대답할 수 있는 문제가 아니다.

식당을 나와 C는 도서관으로 가고, 나는 게스트하우스로 향한다. 망명객이 된 것 같다.

한 학기가 끝나는 날이다. 저녁 시간에 종강 모임이 예정되어 있다. 오전 강의가 끝난 뒤, 동기들끼리 학교 뒤쪽에 있는 수목원에 가는 것이 어떻겠냐고 누군가 말했다. 동기들의 나이, 하는 일, 사는 곳은 모두 다르지만, 집단 과제를 하며 서로에게 조금씩 다가간다. 각자 도서관에 가거나 휴식을 취하려던 소소한 개인적 계획을 철회하고 우리는 모두 교내 카페로 간다. 약속이나 한 듯 얼음으로 채워진 커피를 한 잔씩 들고 다시 동산으로 향한다. 두 명, 세명씩 나눠 무리 지어 걸으며 대화를 나눈다.

누군가 하얀 조팝나무꽃 무더기를 배경으로 셀카를 찍자고 한다. 한 명의 이탈자도 없이 그 작은 화면 안에 얼굴을 넣기 위해 몸을 낮추거나 미소를 만든다. 나도 현장학습을 나온 아이처럼 엉거주춤 포즈를 취한다. 대략 마흔은 훨씬 넘었고, 예순까지는 가지 않았을 연령대의 사람들은 영락없이 '같은 반 아이들'이다.

산책하기에 적당한 오르막 흙길을 천천히 걷는 동안 동산 하나를 넘는다. 흰색 셔츠에 검정 하의를 입은 학생들

몇 명이 맞은편에서 걸어온다. 앞서가던 동기들이 학생들에게 길을 비켜준다. 나도 걸음을 멈추고 서 있다가 학생들 목에 건 이름표를 보게 된다.

- 근처에 장애 학교 있어요. 특수학교.

내 앞에서 걷던 C가 돌아보며 말한다. 다른 동기들은 이미 아이들에게서 눈길을 거두고 앞으로 걷고 있다.

- 이쪽으로 갈까요? 저쪽으로 갈까요?

흙으로 계속 이어지는 길과 습지 위로 놓인 데크의 갈림길에서 누군가 묻는다.

- 데크 쪽요.

데크 위를 걸으며 누군가는 물새를 바라보며 이름과 습성 등을 설명하고, 또 누군가는 나무에 대한 지식을 뽐낸다. 나도 방금 지나간 '하얀 셔츠의 아이들'을 잊고, '원한 없는 이 시간'을 즐겨야 한다고 생각한다. 하지만 강력한 약물이 투여된 것처럼, 내 온몸에서 힘이 빠져나가고 있다. "장애 아이를 집에 두고 유유자적 꽃구경이라니!" 누군가 그렇게 말하는 것 같다. 꽃도, 새도 흐릿해 보인다.

산책을 끝내고 학교로 돌아왔는데, 종강 모임 시간까지는 아직도 두 시간이 남아 있다. 동기들은 모두 커피를 샀던 카페로 다시 간다. 나는 슬그머니 뒤로 빠져서 게스트하우스로 돌아와 침대에 멍하니 걸터앉아 있다. 노크 소리가 난다.

- Y! 나예요.

C가 내 방에 온 건 처음이다.

- 괜찮다면, 같이 쉬어도 될까요? 햇볕에 걸었더니 좀 나른해서요.

- 들어와요.

C는 손을 씻는다며 욕실로 들어간다.

- 잠시 눈 좀 붙여요.

나는 책상 앞에 놓인 의자에 걸터앉아 있다가 욕실에서 나오는 C에게 침대를 가리키며 말한다. C는 간단히 대답하고는 침대에 눕더니 곧 눈을 감는다. 나는 마땅히 할 게 없어 교재를 뒤적인다.

- 잠이 오지 않아요.

잠시 후, C가 나를 향해 모로 돌아누우며 말한다.

- 레몬차 한 잔 줄까요?

- 아니 괜찮아요.

- 그럼 한 가지 물어봐도 돼요?

- 네. 뭐든요.

- 남들은 정년을 바라볼 나이에 대학원에 온 거잖아요.

혹시 그 이유, 물어봐도 될까요?

나는 의자를 끌어 C에게 가까이 다가앉으며 약간 장난스러운 표정을 짓는다.

- 그런 거 중요하게 생각하지 않을 거 같았는데, 의외네요?

- 종강 기념으로 말해 봐요.

- 난 세상 부러운 게 자기 생활하는 사람들이에요.

- 그런데요? 그렇게 부러운 걸, 그동안 못 했나 보죠?

- 몸이 약해서 딸 하나 낳고 그냥 들어앉았는데, 이제 나이 먹고 나니까 후회가 많이 돼요.

- 아이 낳고 키우면서 돈 벌러 다닌다는 것도 쉽지 않잖아요.

- 그렇긴 하죠. 하지만 그 과정에서 중요한 것도 얻게 되죠.

- 그게 어떤 거죠?

- 우리 나이쯤 되면 새로운 관계를 만들기보다는 그동안 맺어온 관계를 이어 가는 게 좋은 건데, 내게는 그럴 사람이 곁에 없는 거예요.

- 그럴 수도 있겠네요. 가족은요?

- 남편은 여전히 사업으로 바쁘고, 딸도 작년에 외국인

과 결혼해서 나갔어요. 사는 의미를 생각하다가, 공부도 하고, 사람도 만날 겸 대학원 온 거예요. 그런데 힐링하러 다닌다고 할까 봐 누구에게 알리지도 못하고 있어요.

- 그 힐링이라는 말의 의미를 잘 모르겠지만, 여기서 힐링 좀 하면 안 되나요? 지인들과 골프 치면 괜찮고, 대학원 다니면 이상한가요?

- 보편적이지 않으니까요. Y는 어때요?

- 저는 아이가 어릴 때 남의 손에 많이 맡겼어요. 그래서 퇴직하면 딸과 함께 산티아고 순례길을 한 달쯤 걷고 싶었는데, 그걸 못 하고 여길 와서 마음이 편하지는 않아요.

나는 처음으로 은서에 대해 말하자 C가 진지한 표정을 짓는다.

- 논문 주제를 고민하고 있었어요. Y는 논문 안 써요?

- 저는 자신 없어요.

- 같이 해 봐요. 갑자기 생각난 건데 발달장애아 가족의 인권에 대해 써보면 어떨까 해요. 특히 엄마에 대해서요.

- 논문이 쉽나요?

- 그래도 일단 대학원에 왔으니까 도전해 봅시다.

- 저, C에게 도움 안 될 거예요. 제 상황이 언제 어떻게 될지 모르구요.

- 서로 도우면서 해 봐요.

C는 잠시 후, 모임 장소에서 만나자고 하며 일어난다. 나도 짐을 챙기기 시작한다. 나는 밖으로 나와 동기들이 나타날 학교 앞 중국 음식점을 지나 전철역으로 향한다. 평소에 탔던 밤 기차보다 저녁 시간이 더 복잡하다. 은퇴자들로 보이는 골프웨어 차림의 남자들이 누구의 시선도 의식하지 않는다는 듯 오랫동안 큰 소리로 대화한다. 나로서는 알 수 없는 내용이다. 들어도 알아들을 수 없는 말이 내게도 있다.

불행은 약한 자부터 공격한다. 휴교령이 내리고, 시설까지 폐쇄된다. 갈 곳 없는 발달장애아가 엄마와 차 안에서 주검으로 발견된 이야기가 뉴스로 나온다. 개인의 일상마저 무너지는 일종의 번아웃 증후군(burnout syndrome)이다. 갇힌 가족 간 폭력이 동반된다는 기사도 보인다. 다른 누가 죽이지 않아도 갇힌 사람들끼리 서로를 죽인다.

마스크를 사기 위해 사람들이 마트나 약국에 줄을 선 모습은 전쟁 중 구호품을 기다리는 영화 속 장면 같다. 사회적 거리 유지를 하라는 재난 문자 메시지가 매일 착신된다. 어쩔 수 없이 대면해야 한다면 마스크를 써야 한다. 누가 앞을 가로막지 않아도 모두 마스크를 쓴 채 외출해야 한다. 실제로 아무것도 할 수 없는 시절이 왔다. 나는 휴학계를 낸다.

다시 겨울이다. C가 전화해서 지금 서울역이라고 한다. 마중을 나갈 수도, 바깥에서 만날 수도 없다. 남편은 건강검진을 받는다며 외출했다. 우리는 평생 이런 식의 당번제 보초병으로 살아야 한다.

세 시간 뒤, C는 대문 앞에 서 있다.

우리는 마스크를 쓴 채 거실에 앉아 서로를 바라본다. 식탁에 앉아 밥을 먹고 있는 은서를 바라보며 C의 눈자위가 붉어진다.

- 난 사실 Y가 종강 모임에 오지 않은 날, 어떻게 말 한 마디 없이 그렇게 가버릴 수 있을까, 그런 생각을 했어요. 그런데 이렇게 은서를 직접 보니까 더 미안한 마음이 들어요.

C가 에코백을 열고 긴 편지 봉투 모양의 투명한 팩에 든 사탕을 꺼낸다. 자루가 길고 분홍, 연두, 주홍, 파랑, 노랑 등의 알록달록한 포장지에 싸인 츄파춥스 다섯 개다.

- 이거, 은서 선물이에요. 우연히 사탕 가게 앞을 지나가다가 이걸 보는 순간 은서 생각이 났어요. 프랑스 작가 파

스칼 키냐르가 츄파춥스로 자폐증에서 빠져나왔다는 얘기 아시죠?

- 네. 어디서 본 거 같아요.

- 지금 줄까요?

- 밥 먹은 다음에요.

건조한 내 말투에 C는 나에게 츄파춥스를 건넨다.

- 여기 오면서 많이 생각했어요. 모든 게 서로를 보는 관점의 문제라는 생각이 들더군요. 우리는 왜 그렇게 인색한 걸까요?

- 내게 질문은 하지 말아요. 설사 오류가 있다고 해도 자책 같은 건 안 했으면 좋겠어요.

- 알겠어요. 사실 내가 여기 온 용건이 따로 있어요. 질문은 아니고요.

Y가 '질문'이란 말에 힘을 주며 장난스레 말한다. 가라앉은 분위기를 바꾸려는 듯하다. C도, 나도 웃는다.

- 말해 봐요.

- 지난번에 은서랑 산티아고 순례길 걷고 싶다고 하지 않았어요? 거긴 이제 가도 되나 보더라고요.

- 그런가요?

- 혼자서라도 일단 먼저 다녀오는 게 어때요?

- 은서와 함께하지 않는 길이 무슨 의미가 있을까요?

- 의미는 스스로 만들어 내는 거겠죠.

- 은서를 데리고 매일 일상을 챙기는 건 아빠지만, 내가 해야 할 몫도 있어요. 은서, 아무거나 안 먹어요.

- 메뉴 알려주면 그거 참고해서 내가 반찬 보낼게요. 나 집밥 경력, 오래된 거 알잖아요?

- 논문 준비 안 해요?

- 논문 준비하는 거예요. 현장을 먼저 알아야죠.

- 무슨 말인가요?

- 호숫가에 4인용 테이블이 두 개, 2인용 테이블이 하나, 1인용 테이블이 하나인 수제 돈가스 집을 일 년 임대했어요. Y를 생각하며 이 동네 검색하다가 그렇게 된 거예요. 사실은 서울역이 아니고 거기서 왔어요.

- 여행이네요?

- 여행은 이미 대학원에서 우리가 만났을 때부터 시작됐어요. 한 번도 가 보지 않았던 여행이었던 거죠. 여행은 그런 거잖아요? 힘들기도 하고, 새로운 무엇을 발견하게 하기도 하고, 또 생각나게도 하는…. 그래서 매 순간, 우리는 서로에게 여행이라는 생각이 들어요.

나는 C를 향해 천천히 고개를 끄덕인다.

- 그래요. 고마워요.

- 욕심 같아선 제가 혼자서 은서를 돌보고 두 분을 어디 다녀오라고 하고 싶어요. 하지만 당장은 그건 은서를 악화시킬 것 같아서요. 저를 위한 여행이기도 해요. 저도 고마워요.

다행히 남편의 건강검진 결과는 양호했다. 나는 산티아고를 꼭 걷고 싶은 건 아니었다. C를 받아들이기 위해 나는 떠난다. 은서와 함께 고립되어 살아가야만 하는 남편과 나. 그 안에 또 다른 누구라도 합류시킬 수 있다면 좋다. 은서와 함께 가려던 산티아고 순례길은 걷지 않을 수도 있다. 지난 삶의 전부가 여행이라면, 지금, 그리고 다가오는 삶도 모두 여행의 어느 부분일 것이다.

귀
꽃

아침 산책에서 돌아온 무재는 샤워를 마치고 헤어드라이어로 머리를 말린다. 산책하러 나갈 때 챙기지 않았던 휴대전화가 욕실 선반 위에 놓여 있다. 무재는 드라이어 전원을 끈 후, 휴대전화를 집어 들고 메시지를 확인한다.

　<산책 다녀오세요? 커피 마시고 가세요.>

　은오는 산책하고 연립 안으로 들어서는 무재를 본 것 같다. 무재는 5층, 은오는 1층에 산다.

　<지금 내려가도 될까요?>

　은오는 바로 답장을 보내왔다.

<네, 오세요.>

이 느닷없는 커피 초청을 무재가 이상하게 받아들인다면 오히려 더 이상해질 것 같다. 무재는 은오가 순진한 건지 대담한 건지 헷갈리게 한다고 생각하며 엘리베이터 없는 계단을 천천히 내려간다. 오후 강수 확률이 60%라더니 복도 창으로 보이는 하늘이 흐려 보인다.

105호 현관문은 스토퍼로 고정된 채 조금 열려 있다.

- 저 왔습니다.

안에서 실내화 끄는 소리가 나며 곧 문이 열린다. 열린 문틈으로 은오가 얼굴을 내민다.

- 아, 왔어요? 들어오세요.

무재는 신발을 벗고 은오를 뒤따른다. 거실 가운데에 놓인 탁자 위 물건들이 무재의 시선을 붙든다. 노트북과 드로잉 북, 파란색 4B 연필, 그리고 커피가 담긴 유리 포트가 있다.

- 집주인이 작년에 돌아가셨는데, 딸이 이 연립을 물려받아서 에어비앤비로 등록했대요. 그래서 이 집이 좋아요.

- 그게 왜 좋아요?

무재는 의아하다는 듯 묻는다.

- 일반적인 모녀 관계가 느껴지니까요.

- 아, 네.

다시 질문할 수 있게 하는 대답이지만 무재는 알아들었다는 듯 간단하게 대답한다.

- 여기, 앉으세요.

은오가 탁자 앞에 놓인 한쪽 의자를 가리킨다. 4인용 식탁 크기의 탁자에 의자는 양쪽으로 하나씩만 놓여 있다. 무재가 의자에 앉자 은오도 맞은편에 앉는다.

- 커피그라인더에 원두를 넣으려는데 무재 씨가 들어오는 게 보였어요. 거실 창을 열어놓으면 발소리, 자동차 소리, 고양이 소리, 새소리까지 다 들리거든요.

- 아, 그래요? 그럼 제가 그쪽에 앉을게요. 은오 씨가 보는 방향에서 나도 바깥을 보려고요. 제가 손님이잖아요?

무재가 앉은 자리는 현관 쪽을 향하고 있고, 은오의 자리는 밖을 훤하게 내다볼 수 있는 방향이다. 커피 초대에 선뜻 응하긴 했지만, 무재는 스스로 멋쩍어서 투정을 부리듯 해 본다.

- 그러세요. 이 커피 드시고요.

은오는 유리 포트를 들어 머그잔에 커피를 따르다가 개의치 않는다는 듯 바로 일어난다.

- 감사합니다.

무재는 은오가 앉았던 자리로 가서 커피 한 모금을 마시며, 냉장고 앞으로 가는 은오에게 말한다.

- 혹시 참외, 좋아하세요?

은오가 냉장고 문을 열고, 무재를 바라보며 묻는다.

- 네. 누가 주면 먹죠. 그런데 집이 무심한 분위기여서 좋네요.

무재는 집 안을 다시 둘러보며 말한다.

- 집주인 할머니는 이민 갔다가 돌아와서 3년 동안 혼자 여기에서 살았다고 해요.

은오는 냉장고에서 꺼낸 참외를 개수대에서 씻는다.

- 그렇군요.

무재가 은오를 처음 본 건 열흘 전쯤인 6월의 어느 날 오전, 화단에 자라난 풀을 뽑는 낯선 여자로서의 모습이었다. 여자는 느티나무 아래 평상에 앉아 있는 노인들과 말을 주고받으며 가끔은 소리 내어 웃기도 했다. 그때 연립에 사는 노인들의 표정은 무재가 지금까지 오가며 봐 온 것과는 다른 모습이었다. 마치 이국의 여행자와 원주민들이 사심 없이 어울리는 장면 같았다. 어머니도 요양원에 가지 않았다면 그 풍경 속에 있었을 거라는 생각을 했다.

외아들인 무재는 집안에서는 처음으로 대학에 갔다. 바

깥 세계에 나가 무엇을 성취해야 할 집안의 대표 주자였
다. 아버지는 무재를 교수로 만들고 싶어 했다. 무재 역시
할 수만 있다면, 어떻게라도 누추한 환경에서 벗어나고 싶
었다.

아내는 서울을 떠나 살아 본 적이 없고, 그동안 돈을 벌
필요도 느껴 본 적이 없는 여자였다. 결혼 후, 아내는 부모
에게 받은 유산으로 화랑을 운영했다. 화가들의 전시회를
열어주고 그들로부터 그에 맞는 대우를 받았다.

그 무렵부터 도로 바닥이 일어서며 무재 앞을 막아서곤
했다. 어느 날, 서서히 일어서던 도로가 마침내 무재의 이
마를 쳤다. 무재는 비명을 지르며 도로 위에 쓰러졌다. 전
공인 미술 평론을 더는 하지 못했다. 이 세상 어느 것에도
찬사를 얹고 싶은 열정이 남아 있지 않았기 때문이다.

근근이 이어가던 강사 생활을 정리하고 무재가 고향으
로 돌아오자 어머니는 몇 달 지나지 않아 요양원으로 들어
갔다. 가족을 두고 혼자 돌아온 아들이 창피해서 노인 회
관에 더는 걸음하기 싫었던 것 같다.

은오가 냉장고에서 꺼내 온 참외는 크고 골이 깊은 노지
참외다. 한 손으로 참외를 잡고 다른 한 손으로는 과도를

잡은 은오는 무재를 쳐다보며 말한다.

- 이 참외 말이에요.

- 네.

- 노지에서 자란 참외를 이렇게 손안에 잡고 있으면 특별한 질감과 양감이 느껴져요. 노랑에 숨어 있는 듯한 이 골 깊은 하얀 줄은 마치 노인의 주름살 같고요.

자신이 살아온 방식에 대한 믿음이랄까, 그야말로 '골 깊은'느낌의 말투다. 무재가 그동안 알게 된 여자들은 대부분 도회지에 살며, 혼자 무엇을 이루었다기보다는 이미 만들어진 환경에서 삶을 누리거나 지키려는 여자들이었다. 한이 없는 여자, 고생하지 않은 여자, 드세지 않은 여자, 도회적이고 세련되어 보이는 여자, 보호받고 사랑받는다는 느낌으로 사는 여자. 무재는 그런 여자들에 대한 선망이 있었고, 교류할 수 있기를 바랐다.

- 사물을 자세히 보는군요.

무재는 어떤 반응을 보여야 할지 몰라 자세를 고쳐 앉으며 심호흡을 한다.

- 자세히 보기도 하고 느끼기도 하죠. 만져 보실래요?

은오가 웃으며 참외를 조심스럽게 접시 위에 내려놓는다. 무재는 참외를 집어 들고 한동안 바라본다. 촉감도 좋고, 노란 색깔도 예쁘고 또, 향긋하다.

- 향이 좋네요.

은오가 양감과 질감에 대해 말하지 않았다면, 무재는 이런 싱거운 대답 대신 참외의 촉감과 빛깔, 그리고 향을 자신이 선망했던 여자들에 비유했을 수도 있다.

- 네. 향도 좋죠.

- 제가 깎을까요?

참외를 접시 위에 다시 내려놓으려던 무재가 묻는다.

- 잘하세요?

- 네. 저, 잘합니다.

은오가 과도를 건네주자 무재는 그제야 긴장이 풀린다. 은오는 곧 하얀 과육이 놓일 빈 접시를 가리키며 말한다.

- 이 접시에 그려진 푸른색 일색의 나무와 집이 그려진 그림 말이에요. 티브이 드라마에 소품으로 걸린 거, 혹시 보셨어요?

- 드라마, 잘 안 봐요.

- 그래요. 그건 별로 중요하지 않죠. 아무튼 저는 우연히 그 드라마를 보다가 어떤 이유에서 사람들이 이런 그림을 좋아할까 궁금했어요. 사실 이렇게 바다 빛깔에 가까운 나무는 없잖아요?

- 바로 그 점에 착안한 거겠죠. 실제로 존재하지 않을 색깔의 나무, 푸른색이나 나무를 싫어하는 사람은 거의 없을 테니까, 그 두 가지를 결합해 신비스러운 차별화를 연출한 거죠.

은오가 접시에서 눈을 떼지 않은 채 고개를 끄덕인다.

- 혹시, 그림 그려요?

무재는 탁자 위에 놓인 드로잉 북을 눈으로 가리키며 조금 전과는 약간 다른 음색으로 묻는다.

- 음… 그냥, 가끔, 문구점에 가면 충동구매를 해요. 그런 거 있잖아요?

- 어떤 거요?

- 당장 읽지 못해도 언젠가는 읽고 싶은 책을 사 두는 거. 자신만이 아는 정서적 저금을 잊지 않기 위한 소품이라고 보면 될 것 같아요.

- 아무튼 좋은 거군요?

- 오늘 아침, 문득 저기 화단에 있는 원추리를 보다가 그걸 그려보고 싶다는 생각이 들긴 했어요.

은오는 오래 그리워하던 사람을 대면하기 망설이는 사람처럼, 자신 없는 표정으로 말한다.

- 자신을 믿고, 피사체를 깊이 사랑하면 그릴 수 있지 않

을까요?

　화단에서 풀을 뽑는 은오를 처음 본 그날 저녁, 무재는
주차를 하고 집으로 들어오다가 쓰레기 수거함 앞에서 은
오와 마주쳤다. 은오는 하얀 플라스틱 통을 재활용 수거함
에 던지고 돌아서는 중이었다.

　- 안녕하세요?

　무재는 자신도 모르게 은오에게 고개를 숙여 인사를 했다.

　- 아까 도로에서 말이에요. 그거 누가 공익신고라도 하
면 어쩌려고 그러셨어요?

　은오는 이 순간이 오기를 기다렸다는 듯 힐난 조로 말
했다.

　- 공익신고요?

　무재는 당황했다. 어머니를 면회하기 위해 요양원으로
가던 중, 저만큼 시립 도서관이 보이는 2차선 외곽 도로에
서였다. 단발머리를 한 여자가 에코백을 메고 빠르고 경쾌
한 걸음걸이로 인도를 걷고 있었다. 차도와 인도 사이에
가드레일이 없어서 속력을 내는 차가 조금만 삐끗하면 인
도를 덮칠 수 있을 것 같다는 생각이 들게 했다.

　무재는 자신도 모르게 브레이크를 밟았다. 차가 "끼익"

하는 소리를 내며 급정거하자 여자는 도로 쪽을 흘낏 보더니 그대로 지나갔다. 무재가 다시 출발하려는 순간, 여자의 모습이 널을 뛰듯 단숨에 저만큼 앞으로 멀어졌다. 무재는 깜짝 놀라 급하게 브레이크를 밟았다. 후진 기어를 넣은 것이다.

무재는 술도 끊어야 하고, 운전도 하지 않는 게 좋다는 걸 알고 있었다. 하지만 두 가지 모두 아무런 희망도 없이 혼자 사는 사람이 끊기에는 너무 어려운 것이다. 여자는 잠시 뒤돌아서서 놀란 얼굴로 바라보다가 다시 걷기 시작했다. 무재도 가속기 페달로 발을 옮기며 천천히 출발했다.

무재는 그때 그 여자를 알아보지 못했다. 도로에서 다른 차들의 블랙박스에 남을 수도 있는 행동을 왜 했는지 설명하기도 어렵다. 모든 순간이 지뢰밭이다. 지금 하는 모든 행위가 부메랑이 되어 내일 아침 당장 자신을 옭아맬 수 있다. 무재는 하루에 세 번이나 보게 된 여자에게 다소 엉뚱하게 들릴 수 있는 제안을 불쑥해 버렸다.

- 제가 아이스크림을 사 드리고 싶어요.
- 아니 제가 신고를 한다는 게 아니라, 해서는 안 되는 행동을 하시니까…. 도로에서 그러면 안 되는 거잖아요?
- 네. 저도 그냥 이 연립의 풀을 다 뽑으신 분에게 입주

민 자격으로 감사의 마음을 담아 하는 말입니다.

무재는 자신의 입에서 나온 '입주민으로서'라는 말에 스스로 놀랐다. 이 연립의 주인은 어머니이며, 무재 역시 이곳에 온 지 일 년도 채 안 된 임시 체류자다.

- 그건, 그냥 잡초가 보이니까 뽑은 거예요.

자신을 잠시 당황하게는 했지만, 무재는 여자가 소위 '간 보기' 같은 건 하지 않을 사람이라고 생각했다. 한편으로는, 어쩌면 풀을 뽑으며 시선을 오게 하고, 도로에서 차를 멈추게 하고, 이 순간까지 하루 세 번이나 보게 된 건 우연이 아닐 수도 있다는 생각도 들었다.

- 아무튼 5층에 살고, 이무잽니다.

- 저는 김은오. 1층.

- 아, 은오 씨군요. 은오 씨. 아이스크림 사러 저기 편의점에 갑시다.

무재가 웃으며 장난스럽게 말했다.

편의점은 연립에서 2km 정도 걸어 나오면 길모퉁이에 있다. 편의점을 향해 나란히 걸으며, 은오는 낮에 도서관에 가는 중이었다고 말했다. 미술 이론서나 화집을 다 살수는 없어서 도서관에 가서 필요한 부분만 사진을 찍어 온다고 했다.

편의점에서 은오는 메로나를, 무재는 부라보콘을 선택했다.

- 저기 앉을까요?

무재가 편의점 앞 파라솔을 가리켰다.

- 아니요. 걷죠.

두 사람은 곧 오던 길을 다시 걷기 시작했다.

- 왜 하필 메로나예요?

무재가 은오의 선택이 의외라는 듯 피식 웃으며 물었다.

- 엄마가 좋아했어요. 왜 하필 부라보콘이에요?

은오가 무재의 어투를 흉내 내듯 되물었다.

- 요양원에 계신 우리 어머니가 좋아해서요. 저도 낮에 거기 가는 길이었어요. 어머닌 오직 제게 공부만 하라고 했죠. 공부하다가 졸면 손등을 자로 때렸지요.

- 극과 극을 또 만났네요. 이런 만남은 대부분 싸움으로 끝나죠. 나름 치열하게 살았다는 생각에 그런 존재감으로 서로에게 어필하려고 하지만, 사실 그런 사람들은 어필을 받아줄 만한 여지가 없는 부류거든요. 가장 열악한 내면을 가진 불쌍한 종(種)이죠.

뜻밖에 은오는 날카롭고 예민하게 반응했다. 낮에 도로를 전투적으로 걷던 모습이 떠올랐다.

- 본인 얘기처럼 들려요.

- 그럴 수도 있어요. 어릴 적에 엄마에게서 "땅을 파 봐라. 동전 한 닢이 나오나." 그런 말을 자주 들었어요. 그 말이 땅을 파도 동전 한 닢이 안 나오는 게 제 탓인 것처럼 들려서 지금까지 악착같이 일하며 살았어요. 일을 그만두고 한 달만이라도, 낯선 어느 곳, 아는 사람 아무도 없는 곳에서, 평일 낮에 아무 데나 실컷 돌아다니며 모드 전환을 하고 싶었죠.

- 한 달로 모드 전환이 되나요?

- 그래서 지금 열심히 다니고, 열심히 책을 봐요. 한 달이 지나면 이곳이 낯선 곳이 아닌 게 되고, 그러면 또 마음이 느슨해질 수도 있어요.

은오는 시종일관 무재의 신상에 대해서는 별 관심을 보이지 않은 채 자신에 대해 망설임 없이 말했다.

- 휴가나 마찬가지일 텐데, 자신을 너무 몰아세우며 산다고 생각하지는 않아요?

- 그래도 그게 안전해요. 경계에 있을 때 자신을 몰아세우지 않으면 다른 것에 잡힐 수 있어요.

- 그럴 때 친구가 필요하지 않으세요?

무재는 맥락도 없는 질문을 불쑥했다. 은오는 연두색 메로나를 입술에 조금 묻힌 채 먼 곳을 잠시 바라보았다.

- 2인분 이하는 팔지 않는 음식점에 가고 싶다거나, 동행할 수 있는 산책자가 있으면 좋은 거죠.

그때 무재는 '한 달 동안'이라는 전제로 무언가를 더 묻지는 못했다.

- 자신을 믿고, 피사체를 깊이 사랑하면 누구나 그릴 수 있다고요?

은오는 창밖을 보면서 무재에게 되묻는다.

- 뭐든 그렇지 않을까요? 자신을 믿고, 상대를 사랑하면….

무재가 껍질을 벗긴 참외를 푸른 그림이 있는 접시에 놓으며 대답하다가 말을 멈춘다.

- 모든 파국은 믿는 것에서 시작되죠. 잘 생각해 보면, 믿어야 한다고 말할 땐 믿으면 안 될 때를 의미하는 말이었어요.

무재의 말을 자른 은오가 단정적으로 말한다. 무재는 줄곧 성마른 표정으로 이의를 숨기지 않는 은오에게 긴장감과 호기심을 동시에 느낀다. 이 여자는 비난을 피하기 위한 순응은 하지 않을 것 같다.

- 저는 이렇게만 말씀드리죠. 물론 믿지 않으면, 아무 일도 일어나지는 않아요.

침묵 속에 과도가 하얀 과육을 가르며 접시에 닿아 "탁, 탁" 하는 소리를 낸다. 무재는 동그란 모양으로 비스듬히 쓰러진 참외 한 접시를 은오 쪽으로 조금 민다.

- 포크 가져올게요.

은오가 차분한 목소리로 말하며 다시 주방으로 간다.

- 주황색, 저 꽃을 원추리라고 하는 건가요?

무재가 의자에서 엉덩이를 떼며 바깥을 가리키며 묻는다. 무심한 듯, 고고한 듯, 소박한 모양의 주홍빛 꽃송이가 화단 담벼락 밑에 한 자리를 차지하고 있다. 은오가 가느다란 포크 두 개를 작은 접시에 담아 온다.

- 네. 자라면서 여기저기에서 늘 봐 온 꽃이잖아요?

은오는 참외 접시 옆에 포크를 내려놓으며 의자에 앉는다.

- 원추리, 몰랐어요. 요즘도 그냥 아무 생각 없이 화단 앞을 지나다녔어요.

무재는 포크를 들어 참외 한 조각을 찍어 먹는다. 오랜만에 먹어 보는 과일이다. 혼자 살면서 과일을 먹는다는 것 자체를 잊고 살았다.

- 그 자리에 있다고 모든 사람이 볼 수 있는 건 아니니

까, 그건 그럴 수 있어요. 그보다는요. 사실은 인터넷 검색을 하다가 설림원지라는 곳을 알게 됐어요. 거기에 가서 보고 싶은 게 있어요.

은오는 참외 한 조각을 베어 물며 화제를 돌린다.

- 거긴 여자 혼자 가기에는 너무 한적한 곳이죠.

은오는 포크를 내려놓으며 무재를 바라본다.

- 제가 직장을 그만두면서 차를 팔았는데, 오늘처럼 아쉬울 때가 가끔 있네요.

- 괜찮으시면 오늘 함께 가 보죠.

- 지금요?

무재는 손목시계를 본다. 오전 10시 45분이다.

- 저는 괜찮아요.

어떤 계기가 되길 바라는 건 아니다. 느닷없는 모닝커피 제안을 거절하면 더 이상할 것 같았듯, 함께 다녀오자고 하지 않는다면 더 이상할 것 같다. 무재는 무턱대고 갈망해 온 지나온 삶이 버거웠다. 다른 세계에의 진입은 모멸감과 패배감을 각오해야 하는 일이었다. 이제는 소풍을 나가듯 가벼운 관계 속에 살고 싶다.

은오가 일어나 개수대 위쪽에서 락앤락 통을 꺼내온다.

- 그럼 이것 좀 도와줘요.

무재가 참외를 통에 옮겨 담는 동안, 은오는 모자를 챙기고 거실 커튼을 닫는다.

- 먼저 나가 계셔도 돼요.

은오가 당황한 목소리로 말한다. 커튼을 닫으면 거실이 어두워질 거라는 생각을 미처 못 했던 것 같다.

- 네.

무재는 서둘러 현관 밖으로 나가 복도를 걷는다. 돌연 이런 상황에 놓이게 되니 헛웃음이 난다. 무재는 차 문을 열고 운전석에 앉아 시동을 건다. 차창 너머로 보이는 원추리는 초록의 잎줄기를 무성하게 거느린 채 꼿꼿하고도 간절한 자태로 좀 더 가까이 와 있다. 은오가 드로잉을 해보고 싶었던 이유도 이런 느낌 때문이었을 것 같다.

룸미러 속 은오는 홀가분하고 당당한 걸음걸이로 다가온다. 모자를 쓰고, 카키색 바지와 옅은 브라운색 셔츠 차림, 한 손에는 에코백을 든 모습으로 현관을 나오는 여자. 가족이 있다면 가족마저 두고, 낯선 곳에 와서 자기중심적으로 행동하는 여자.

무재는 불현듯 묘한 거부감과 질투심에 사로잡힌다. 무재가 이력서를 들고 여기저기 문을 두드릴 때 냉담하고도 무관심한 시선으로 자신을 대했던 여자들처럼, 은오는 어쩌면 지금 무재를 무시하고 있는지도 모른다. 그런 여자들의 고지식한 자기 자부심은 고집 센 노인들의 그것처럼 뚫을 수 없다. 은오가 다가와 문을 열고 옆자리에 앉는 순간 무재는 다짐한다. '이 여자의 삶에 동원되지 않도록 조심하자.'

내비게이션은 23km의 거리에 목적지가 있다고 알려준다. 고즈넉한 소읍을 나와 국도를 달린다. 혼자였다면 굴렌 굴드가 연주하는 바흐의 〈골드베르크 변주곡〉을 들었을 것이다. 무재는 결벽증과 은둔의 예술가인 굴렌 굴드에 동의한다. 굴렌 굴드가 그랬듯, 무재 역시 자신의 장례식에 올 사람은 없으리라 생각한다. 물론 무재는 장례식 없는 죽음도 염두에 두고 있다.

- 조금 전 양감과 질감, 향기, 빛깔까지 있었어요. 빠진 게 뭘까요?

무재는 다시 대화를 끌어내 본다.

- 소리죠. 오감 중에 인간이 가장 먼저 반응하는 건 청각이라고 하잖아요?

- 그럼 음악 들을까요?

- 아니요.

- 왜요?

- 감상적으로 되는 건, 좀 불편해서요.

틈이 없다.

오후 강수 확률이 60%였는데, 벌써 비가 내리기 시작한다. 덜컹거리는 좁은 산길로 접어들자 비는 점점 더 세차게 쏟아 붓는다. 차는 처연히 가라앉는 여름날의 가로수 사이를 달린다.

- 비가 너무 많이 오네요.

어색한 침묵을 깨고 은오가 말을 건넨다.

- 우산 있어요.

- 아니, 우산은 없어요.

- 아니요. 제 차 트렁크에 우산이 있다고요.

다시 침묵이 흐른다. 설림원지가 200m 앞에 있다는 도로 표지판이 보인다. 곧 멀리서 밀려오는 산안개와 사선으로 내리는 빗속에 몇 개의 탑이 흔적을 드러낸다.

- 저깁니다.

산안개 아래 펼쳐진 초록의 나지막한 산들이 병풍처럼 폐사지를 품고 있다. 무재는 속력을 줄이며 차를 멈춘다. 차에서 내린 무재가 트렁크 쪽으로 뛰어가 우산을 꺼내 펼쳐 드는 사이, 은오가 차에서 내린다.

- 어쩜 이럴 수가 있죠? 너무 예뻐요.

은오는 비 내리는 언덕을 향해 엎어질 듯 뛰어오른다. 들판은 온통 개망초 천지다. 연둣빛 풀 위에 흰색 물감을 방울방울 떨어뜨린 후, 다시 점점이 노란 붓질이 스친 것 같다. 그때 비바람이 불며 은오가 쓴 모자가 뒤로 벗겨진다. 그 모습을 본 무재는 닫았던 트렁크를 다시 열고 우산 하나를 더 꺼낸다.

- 우산, 써요.

은오는 풀밭에 나뒹구는 모자를 주워 쓰며 무재를 돌아본다.

- 엄마가 좋아한 개망초예요. 엄마는 어릴 때 학교에는 가지 못하고, 이런 개망초 들판으로 소를 먹이러 다녔대요.

무재는 그런 은오를 말없이 바라보며 자신이 쓰고 있던 우산을 건넨다. 은오는 상기된 얼굴로 우산을 받아 쓰고 다시 언덕을 향해 걷는다. 손에 들고 있던 다른 우산을 펼쳐 쓰고 은오를 따라 걷던 무재가 갑자기 걸음을 멈추고 큰 소리로 말한다.

- 뱀이 나오면 어떻게 하죠?

은오는 뜬금없다는 표정으로 무재를 힐끔 돌아볼 뿐이다.

- 여기, 이거 뿌리고 가야 해요.

무재는 해충 기피제 자동분사기 앞에 서서 작동 버튼을 누른다. 분사기를 잡고 자신의 발 위에 꼼꼼히 분사하자 그제야 은오가 되돌아오며 웃는다.

- 왜 웃어요?

- 역지사지라는 말이 떠올라서요. 뱀이나 해충들도 사람 기피제를 사용하고 싶지 않을까요?

- 이쪽으로 가까이 와요.

무재는 뚱한 목소리로, 그러나 진심 어린 표정으로 자동분사기를 잡은 채 은오가 다가오기를 기다린다. 은오가 다가와 발을 모으자 무재는 몸을 조금 굽혀 은오의 발목에 기피제를 마음껏 분사한다.

- 그만, 됐어요.

은오가 미간에 주름을 모으며 물러난다. 무재는 분사기를 제자리에 걸어 둔다.

- 아, 저기!

은오가 다가가 멈춘 곳은 팔각 모양의 석등 앞이다. 석등 귀마루에 올려진 귀꽃 장식이 인상적이다. 세월의 무게를 못 이겨서인지 일곱 송이는 흔적만 남았고 한 송이가 그 모습을 유지하고 있다. 은오는 뒤에 와 있는 무재를 돌아보지 않은 채 독백처럼 말한다.

- 아침에 원추리를 보다가 문득, 꽃은 시간의 작품이라는 생각이 들었어요. 땅속에서 겨울을 보내다가 계절에 맞게 그 자태를 보이죠. 사람들은 그 시간의 결과물인 꽃을 프로필에 올리고, 마음을 전달할 때 주고받고, 또 그리기도 하면서 욕망의 당의정으로 사용하잖아요? 꽃이 없다면 인간의 추함은 무엇으로 은닉할 수 있을까요?

무재와 은오가 나란히 선다.

- 그 은닉에 우리는 이의 없이 동조해야 해요. 삶에서 은닉을 위한 완충지대는 확보해 둬야 관계가 이어지는 법이죠.

- 동조하지 않을 방법은 당연히 없어요. 그런 차원에서 이 돌꽃은 또 어떤 기능으로 여기에 존재할까, 그래서 한번 와 보고 싶었어요.

은오가 귀꽃을 만져본다.

- 같을 겁니다. 무엇인가를 대행하고 있겠지요. 그런데 그거 아세요? 은오 씨는 좀 느닷없는 편이라는 거.

은오가 한발 물러나 무재를 돌아본다.

- 화났어요?

- 아니 뭐 그냥 좀… 그렇다는 거죠.

은오가 돌아서서 걷기 시작한다. 무재도 은오를 뒤따라

간다.

 - 그래서 저는 늘 혼자 다녀요. 친구를 만들 수 없는 이유이기도 하구요.

 - 이런 생각은 어떨까요? 친구 역시 꽃과 같은 존재라는 거, 생의 완충지대, 생의 당의정 같은 역할을 한다는 생각, 어때요?

 - 꽃은 사람 곁에서 지속되지 않아요. 꽃이 질 때, 우리는 고개를 돌리죠.

무재와 은오는 잠시 아무 말 없이 산에 안긴 듯한 설림원지 한가운데 서 있다. 고즈넉하고도 나른한 기운이 서린다.

 - 가요.

은오가 설림원지 입구 쪽을 향해 걸어간다.

 - 은오 씨. 저기, 소원 탑에 돌을 얹고 가죠.

무재가 큰 소리로 연꽃 무늬가 있는 주춧돌 위의 돌무덤을 가리킨다. 은오는 아무 말도 듣지 않은 사람처럼 앞으로 걸어간다.

 - 무슨 소원 빌었는지 물어봐 줘요.

돌 하나를 얹고 뒤따라온 무재가 은오 옆에서 걸으며 말한다.

 - 그런 건 묻지 않는 거잖아요?

- 물으면 대답해 줄 수 있어요.

- 대답하면 소원이 이루어지지 않는데요. 엄마가 늘 그랬죠. 소중한 건 남에게 말하면 안 된다고, 말하는 순간 날아가 버린다고요.

설림원지 입구까지 온 은오는 우산을 접어서 무재에게 건넨다. 약해진 비바람을 그대로 맞으며 은오는 에코백에서 손수건을 꺼내 발목에 붙은 검불을 털어낸다. 무재가 맨손으로 검불을 떼어 내는 동안 은오는 스마트폰으로 설림원지 풍경을 찍는다.

- 좀 보여줘요.

은오는 사진을 노출 시킨 채 스마트폰 끝을 잡고 조심스럽게 건넨다.

- 아득한 분위기가 아주 좋아요.

- 점심은 뭘 먹을까요?

은오는 딴청을 피운다. '소중한 것이 날아가지 못하게' 하기 위해서일 것이다. 원추리를 보다가 귀꽃을 찾아와서 마침내 개망초 들판을 안은 것 같다.

- 점심요? 순두부 어때요?

무재가 스마트폰을 건네며 되묻는다. 은오는 스마트폰 끝을 조심스럽게 잡으며 대답한다.

- 좋아요. 밥은 제가 살게요.

- 이럴 때 보면 은오 씨는 너무 틈이 없고 반듯해요.

　면 소재지의 외곽에 자리 잡은 한적한 순두부 집은 무재가 어머니와 함께 오곤 했던 집이다. 마당에 핀 꽃들이 물기에 더욱 선명해 보인다. 붓꽃, 달리아꽃, 수국, 에키네시아, 원추리, 채송화 등이 장독대 옆에서 작은 군락을 이루고 있다. 차에서 내린 은오는 가랑비를 맞으며 꽃들을 바라본다.

- 또, 꽃을 보는군요.

　무재는 어머니를 떠올린다. "꽃 좀 봐라. 저 꽃 좀 봐. 꽃을 심은 마당이 있는 집이 좋지." 무재가 박사 학위를 받고 결혼을 하는 동안, 마당이 있던 어머니의 집은 팔려 나갔다. 이제 남은 건 변두리의 작고 낡은 연립 한 채다.

- 낯선 곳에 꽃이 있으면 낯선 곳이 아닌 게 돼요.

　은오는 화장실로 향하고, 무재는 마당이 보이는 창가에 자리를 잡는다. 주문을 받으러 온 종업원에게 무재는 두부전골을 주문한다. 메뉴에 있는 막걸리도 주문한다.

　모자를 손에 들고, 머리를 정리한 모습으로 들어온 은오가 맞은편 자리에 앉는다. 종업원이 다시 들어와 깍두기와 생막걸리와 잔 두 개를 놓고 간다.

- 흔들까요? 그냥 마실까요?

- 아무렇게나 해요. 중요하지 않아요.

무재는 병을 흔들지 않은 채 두 잔에 맑은 술을 따른다. 은오는 무재가 건네는 잔을 받아 단숨에 비운다.

- 왜 또 그렇게 급해요?

- 권하는 사람의 성의를 생각해서 적은 양은 사양하지 않되, 술잔에 술을 오래 두지는 않아요.

상당한 경계심을 깔고 있다는 걸 숨기지 않는다는 말 같다. 그 순간, 무재는 은오가 마치 입주민처럼 천연덕스럽게 화단에서 풀을 뽑으며 노인들과 말을 주고받던 건, 자기 보호를 위한 무의식적 연출이었을 수도 있었다고 생각한다. 무재는 인정하고 싶지 않았던 사실을 떠올리며 새삼 뜨끔하다. 아버지가 돌아가시자 어머니를 위한다는 구실로 고향에 돌아왔다. 결국 그 구실이 어머니를 밀려나게 했다.

- 저도 물어보고 싶어요.

은오는 아직 손대지 않은 무재의 술잔에 시선을 고정한 채 말한다.

- 뭐든지요.

- 무재 씨는 오늘 운전도 해야 하니까 술을 못 마시는

거죠?

　- 그게, 그렇긴 한데, 비도 오고 해서 주문한 겁니다.

　은오는 대답을 기다린 건 아니었다는 듯 말없이 밥을 먹는다. 사실 무재는 지금 고향에 내려와서는 술을 마시지 않기로 한 어머니와의 약속을 지키는 중이다. 무재는 재활용품 수거함에 무언가를 던지고 들어가는 은오를 종종 봤다. 그래서 막걸리를 주문했다는 말은 하지 않는다.

　종업원이 납작한 스테인리스 냄비에 담긴 두부전골을 탁자 위에 내려놓는다. 공깃밥과 밑반찬 몇 개도 따라왔다. 무재가 탁자에 놓인 가스버너를 가운데로 옮겨 가스 불을 켠다. 잠시 후, 당면 한 줌과 쑥갓 이파리 몇 개, 팽이버섯으로 덮인 모두부 조각이 국물과 섞인다. 무재가 국자를 들고 오목한 개인 접시에 전골을 담아 은오 앞에 놓는다.

　- 드세요.

　- 생각해 보니까, 순두부를 먹기로 했던 거 같아요.

　은오가 숟가락을 들며 무재를 바라본다.

　- 그렇군요. 순두부를 먹자고 하면서도 제 머릿속에는 두부전골이 있었네요. 왜 그랬는지 모르겠어요.

　- 그럴 수 있어요. 중요한 건 아니고요.

비를 맞아서인지 약간 한기가 느껴진다. 무재는 은오가 "중요한 건 아니고요."라는 말을 습관처럼 한다고 생각하며, 매콤한 전골 국물을 천천히, 정성 들여 삼킨다.

- 꽃, 말이에요.

은오는 다시 꽃을 이야기한다.

- 네. 꽃이 왜요?

무재는 무뚝뚝하게 말하며 밥을 먹는다.

- 아기를 낳은 산모에게 꽃바구니를 보내기도 하지만, 부고 소식을 들으면 또 화환을 보내기도 하잖아요?

- 상여에도 꽃을 달죠.

무재는 할아버지가 돌아가셨을 때, 마른 눈이 내리는 마을 어귀를 돌아 산으로 가던 상여를 기억한다. 꽃에 싸인 상여를 멘 사람들의 노래가 메아리로 남아 있던 그 밤, 무재는 종이꽃이 마른 눈송이처럼 하늘에 흩날리는 꿈을 꾸었다.

- 그러니까 꽃은 희생만 하는 것 같아요. 인간이 꽃을 위해 할 수 있는 건 겨우 잘 자라게 하는 거잖아요? 하지만 그것도 결국은 자신들이 필요할 때 장식으로 쓰기 위한 목적일 뿐이고요.

- 그건 지나친 이분법 아닐까요?

무재는 은오의 말이 불편하다. 누군가의 희생을 바탕으로 도전했으나, 그 도전의 장에서는 무재 역시 희생된 존재다.

이틀 뒤, 아침 산책을 하고 들어온 무재는 메시지를 확인한다.

<잘 지내세요. 고마웠습니다.>

아직 6월이 끝나지 않았다. 무재는 한참 생각하다가 메시지를 보낸다.

<짐은요?>

<모두 택배로 보냈어요.>

<작별식은 치러야죠.>

<술도 마실 수 없는 사람들끼리 작별식이라뇨? >

무재는 잠시 그대로 서 있다. 그러다 갑자기 생각난 듯 서둘러 베란다 쪽으로 가며 밖을 본다. 연립 안으로 택시 한 대가 들어온다. 무재는 두어 걸음 뒷걸음질 치다가 몸을 돌려 현관으로 나가 계단을 내려간다. 105호 문이 열리며 파란색 캐리어 모서리가 보인다.

- 이리 줘요.

무재가 굳은 얼굴로 캐리어를 들고 계단을 내려간다. 문을 닫은 은오가 에코백을 메고 그 뒤를 따라간다. 두 사람이 다가가자 택시 트렁크가 열린다. 무재는 트렁크에 캐리어를 싣는다. 은오가 그 모습을 지켜보며 무재가 돌아서기를 기다린다. 트렁크를 닫고 무재가 돌아서자 은오가 다가가며 말없이 악수를 청한다.

- 계시는 동안 즐거웠습니다.

무재가 먼저 작별 인사를 하며 힘 있게 손을 잡는다. 은오는 풋, 하고 웃는다.

- 골 깊은 질감이 느껴져요.

- 노지 느낌이라니 다행이군요.

- 노지의 노인.

은오는 알 수 없는 표정으로 고개를 저으며 무재의 손을 놓는다. 무재는 멀어지는 택시를 보며 개망초 들판을 엎어질 듯 뛰어오르던 은오를 떠올린다. 은오는 뒤를 돌아보지 않는다. 무재는 은오에게 메시지를 보낸다.

<그날, 순두부 대신 두부전골을 먹은 건 다행이었다는 말, 꼭 하고 싶어요.>

<^.^>

은오가 보낸 이모티콘을 보던 무재는 재활용 수거함을 흘낏 본 후, 편의점으로 향한다.

세
자
매

내 친구는 소

엄마는 흑백 티브이 안에서 노래를 부르는 가수들을 바라보며 혼잣말처럼 탄식한다.

- 저 사람들은 좋겠다! 저렇게 맘껏 노래하다가 죽을 수 있으니….

그 말을 들을 때면 나는 조금 쓸쓸해진다. 엄마가 바라보고 있는 곳이 내가 아니라 다른 곳이라는 생각이 들기 때문이다. 엄마는 나를 바라보고 있다가 도움이 필요할 때 도와줘야 하지 않을까.

엄마는 오늘 아침에도 마당을 나서는 나를 불러 돈을 건

네며 말했다.

- 오늘 방학이니 일찍 오재? 올 때 노래 책 한 권 사 온나.

엄마가 원하는 노래 책은 요즘 유행하는 노래가 아니라 아주 오래된 노래가 실린 '흘러간 가요'다.

중2 방학식이 끝나자 나는 성적표를 들고 울상을 하거나 발을 동동 구는 친구들 모습을 뒤로하고 서둘러 교실을 나선다. 혹시라도 친구들이 따라오게 되어 내가 왜 흘러간 가요 책을 샀는지 말해야만 하는 상황을 만들기는 싫다.

엄마 심부름을 해야 할 때면 나는 서점에 혼자 가서 참고서를 들춰 보거나 학생 잡지를 뒤적이다가 사람들이 없을 때를 기다리곤 했다. 혼자가 되면, 미리 봐 둔 서점 문쪽 가판대에 진열된 흘러간 가요 한 권을 계산하고 도망치듯 서점을 나왔다.

집에 돌아온 나는 안방으로 간다. 내가 엄마에게 성적표를 보여줬을 때, 엄마의 얼굴이 굳는 것을 본 적이 있다.

- 공부해서 어쩔라고?

엄마가 내게 했던 이 말을 나는 어디에도 할 수 없다는 것을 알고 있다.

자개 무늬가 있는 빨간색 재봉틀 앞에 앉아 무엇인가를 수선하던 엄마가 돌아본다.

- 사 왔나?

- 응.

- 보자.

내가 방바닥에 앉으며 책가방을 열자 엄마가 재봉질을 멈추고 일어난다. 나는 흘러간 가요 책과 거스름돈을 꺼내 놓는다. 엄마는 재봉틀 밑에 둔 노트를 꺼내 내게 건네며 옆에 앉는다. 우리 남매가 운동회 때 달리기 하고 받아 온 노트 갈피에는 파란색 모나미 볼펜이 가름끈처럼 끼워져 있다. 엄마는 연필이나 까만색 글자가 나오는 볼펜보다는 파란색 글자가 나오는 볼펜을 좋아하는 것 같다.

나는 방바닥에 배를 붙이고 두 다리 무릎 아래는 위로 향한 채 엄마가 정해 준 흘러간 노래 가사를 적는다. 엄마는 주로 배호, 이미자, 최숙자의 노래 가사를 베껴 달라고 한다. 흘러간 노래 가사는 왜 죄다 슬픈지 모르겠다. 온통 그리워하면서도 만날 수 없는 사람들의 애달픈 얘기다. 나는 그 마음이 엄마 마음이라고 생각한다.

그런 마음을 가진 엄마가 언니 정아랑 나를 싸잡아서 쓸모없는 자식 취급할 때 나는 비참하고 슬퍼진다. 그런 내 마음을 알 리가 없는 엄마는 아침에 우리를 깨울 때도 조용한 목소리가 아니라 이불부터 확 젖히며 일어나라고 한다. 젖힌 이불을 들고 서 있는 엄마 뒤로는 언제나 문이 열려 있다. 그때 나는 엄마 추워, 라는 응석을 부리는 대신 하루 빨리 성공해서 엄마 딸들이 모두 쓸모없는 존재는 아니라는 걸 보여주어야 한다고 생각한다. 그러면 강파른 엄마가 조금은 부드러워지지 않을까.

- 크게! 갈겨 쓰지 말고 또박또박!

엄마는 내 옆에 앉아 지켜보며 매번 그렇게 주문한다. 나는 네, 라고 대답하지는 않아도 엄마가 만족할 수 있도록 손에 힘을 주고 크게, 또박또박 쓰려고 한다. 오늘은 이미자의 〈동백 아가씨〉 가사를 베껴 쓴다. 동백 아가씨 가사도 슬프기는 마찬가지다.

- 엄마, 다했어.

내가 배를 바닥에서 떼며 일어나자 엄마가 노트를 들고 커튼 대신 한지를 붙여 놓은 창가로 간다. 형광등을 켜도 글자를 보기에는 방이 조금 어둡다.

"헤~일 수 없이 수많은 내 가슴 도려내는 아픔에 겨워~."

엄마는 창가에 이마를 가까이하고 음정, 박자 다르게 노래를 불러본다. 바깥에서 누가 엄마를 부르는 것 같다. 엄마는 노트를 재봉틀 위에 놓고 재봉틀과 나란히 놓인 철궤 쪽으로 몸을 돌린다. 철궤 위에는 몇 채의 이불이 개어져 있다. 엄마는 맨 아래에 있는 이불 속으로 손을 넣어 숨겨둔 무엇을 들고 나간다. 월세를 받으러 온 집주인 여자다.

나는 무심코 엄마가 노트를 처음 꺼냈던 여닫이 형태의 재봉틀 문을 열어본다. 재봉틀 철제 다리 뒤로 몇 권의 노트가 더 있다. 한 권을 들고 첫 장을 펼쳐본다.

내 친구는 소 어린 시절 내 친구는 소
아침부터 지녁까지
떠러지지 안는 다정한 내 친구
날마다 들에 나가
소 먹일 풀을 베고 많이 울었다

소야 너는 조케따 말을 못하니
글을 몰아도 되니
차라리 나도 소가 되고 시펐다.

나는 서둘러 노트를 제자리에 두고 재봉틀 문을 닫는다. 몹시 혼란스럽다.

언니가 고등학교 진학을 하지 않은 것에 대해 엄마는
늘 말했다. 정아가 공부하는 걸 싫어해서 그렇게 된 것이
라고. 사실 아주 틀린 말은 아니었다. 공부하겠다는 의지
만 있었으면, 엄마가 내심 언니를 고등학교에 보내지 않으
려고 했더라도 결과는 달라질 수 있었을 것이다. 서점에서
읽은 학생 잡지에는 밤에는 공부하고 낮에는 일하는 고등
학교가 자주 소개되었다. 그 얘길 언니에게 해 줬는데, 언
니는 내 말을 귓등으로 들었는지 중졸이라는 학력으로 학
업을 끝냈다.

언니에게도 할 말은 있었다. 엄마는 언니가 하는 그 말
에 대해 한 마디도 인정하지 않는다. 언니는 초등학교 때
결석을 많이 했다. 엄마가 강가에 돌을 깨러 간다거나 남
의 밭일하러 갈 때 수아를 돌보게 했기 때문이다. 수아와
다섯 살 차이인 언니는 수아를 등에 업고 지냈다.

교과 진도를 따라가지 못한 언니는 공부에 흥미를 잃
었고, 중학교 3학년 후반기부터는 학교에 잘 가지도 않았
다. 그런 딸을 못난 딸로 취급하는 엄마를 보며 나는 마음
의 무장을 조금씩 했던 것 같다. 진학을 포기한 채 일 없이
밖으로만 도는 언니의 모습이 내 모습이 되지 않길 바라며
나는 늘 엄마 옆을 지켰다. 언니가 엄마를 돕고도 신뢰를

잃은 건 준비를 하지 않고 실없이 살았기 때문이다.

"나 하나만 양보하면, 우리 집이 잘살고, 동생들도 잘 될 줄 알았거든."

세상은 언제나 최후의 승자 편이라는 걸 언니는 모르는 것 같다. 승자는 패자를 고립시키거나 쫓아내는 것으로 승자라는 걸 증명한다. 그 대비도 하지 않은 채 항복한 언니의 앞날은 험난할 것이다.

나는 안방을 나오다가 엄마와 마주친다.

- 정아 찾아와라. 시장 과일가게 여자가 오가는 사람들을 모아놓고 정아가 그 집 딸을 다 망치고 있다고 한단다.

집주인 여자가 엄마에게 언니에 대한 소문을 알려 준 것 같다. 받아 갈 돈이나 받아 가지 왜 그런 말로 엄마를 자극하는지 모르겠다. 어떤 소문은 남들이 다 알 때까지 본인만 모른다고 한다. 나는 그런 말을 들을 때마다 본인만 모른다는 게 흉인가, 라고 생각했다. 만들어진 소문일수록 본인이 모르는 게 당연하지 않을까. 내 나름의 결론은 소문이란 기를 죽여서 길들이려는 것이다.

성인이 되기도 전에 주저앉을 때는 언제고, 엄마가 저런 말에 발끈하며 언니를 찾아오라고 하는 건 처음이 아니다. 그래도 나는 한 번도 못 간다고 하지 못하고 엄마가 대충 알려 주는 장소로 언니를 찾으러 가곤 했다. 양장 기술을 배우러 간 양장점으로, 인조 속눈썹을 만드는 공장으로 나 혼자서 버스를 타고 인근 도시까지 언니를 찾다가 되돌아왔다. 언니를 찾으러 간 장소에서 만난 적은 한 번도 없다. 언니는 간다고 했던 곳에 며칠 지내다가 다시 집 근처로 돌아와서는 엄마를 이런 식으로 망신시키기를 반복했다. 언니는 엄마의 약점이며, 약점은 사람들의 심심풀이가 된다는 걸 나는 또 지켜본다.

나는 처음으로 언니를 찾으러 가지 않기로 한다. 엄마의 약점은 내 약점이기도 하다. 나만이라도 서울로 가서 낮에는 일하고 밤에는 공부하는 길이 서로를 위하는 길일 것 같다.

며칠 보이지 않던 언니가 집으로 들어왔다. 엄마는 아버지 퇴근 시간에 맞추어 시장에 갔다. 엄마는 시멘트 공장에서 중장비 기사로 일하는 아버지를 위해 저녁 밥상에 공을 들인다. 아버지가 좋아하는 비계 섞인 돼지고기 두루치기가 단골이지만, 우리가 시장 앞에 살아서인지 회도 자주 밥상에 오른다. 아버지 혼자 드실 만큼의 양으로 한 접시 정도만 한다.

시장에서 돌아온 엄마는 비린내 나는 장바구니를 부엌에 던져 놓고는 방으로 들어서더니 언니를 머리부터 때리기 시작한다.

- 네가 나를 잡아먹으려고 작정했구나. 한세상 태어나서 왜 남에게 더러운 말을 듣고 사냐? 천백 날 내 원수 덩어리, 이 글러 먹은 인간아!

언니가 머리를 들자 따귀를, 따귀를 감싸자 어깨를, 어깨를 움츠리자 등을, 닥치는 대로 내리친다. 나는 마루로 나와서 그 모습을 지켜본다. 언니는 방구석에 끼인 자세로 눈을 부릅뜨고 있다. 눈물도 흘리지 않고 저항도 하지 않는다.

엄마는 돌연 몸을 돌려 방을 나오며 나를 밀치듯 하고 뒤란으로 나간다. 곧 다시 돌아오는 엄마 손에는 싸리나무 회초리가 들려 있다. 쏟아지는 회초리 소리와 코에서 흘러내리는 피.

학교에서 선생들이 가끔 학생을 구석으로 몰아가며 체벌할 때는 교육적인 시늉이라도 해서인지 회초리부터 시작한다. 그러다가 회초리 질에 스스로 호흡이 거칠어지며, 고함이 나오다가, 급기야 제 분을 못 이겨 회초리를 내팽개치고 몸을 날리기도 한다. 그런데 엄마는 처음부터 몸을 쓰기 시작했다. 심상치 않다. 오늘 시장에 가서 또 언니에 대해 무슨 말을 들은 모양이다. 싸리나무가 지나간 자리에 남은 붉은 줄은 마치 오답을 쓴 시험지에 그어진 색연필 같다.

　- 차라리 어디 나가서 죽어라. 인간 구실 못 하려면 제발 좀 내 눈앞에서 아예 없어지란 말이다.

　언니를 오답투성이의 시험지 같은 몰골로 만든 엄마는 비로소 방을 나간다. 부엌에 던져 놓은 쥐치를 손질해야 할 것이다.

　퇴근 시간을 훨씬 넘겼는데 아버지는 집으로 돌아오지 않고 있다. 엄마가 손질해 놓은 쥐치 회가 소반 위에서 조금씩 부패하고 있을 것 같다. 아버지는 언니가 무슨 짓을 하고 다니든 아무런 소리도 하지 않는다. 오직 주점과 회사 뿐인데, 고향에는 애착이 많다. 고향 사람이나 친척이 찾아오면 아버지 얼굴은 화색이 돈다. 일자리를 부탁하러 오는 사람에게 취직도 시켜준다. 회사 직원들을 위한 통근 버스를 모는 운전기사도 아버지가 회사에 소개한 고향 사람이다. 아버지가 남에게 싫은 소리를 하지 않고 묵묵히 일하며 술을 함께 마셔 주니까 사람들이 좋아하는 것 같다.

　나는 파스나 옥도정기를 넣어 둔 상자에서 연고를 찾아

본다.

- 아이고 내 팔자야. 내가 칼을 물고 엎어져 죽어도 이 한이 안 풀릴 거다. 내가 무슨 죄로 이러고 살아야 하는지 모르겠다. 이런 집구석에서 천장 만장 내빼지도 못하고 사는 내가 죽일 년이지.

엄마가 뒤란 흙바닥에 쥐치 회 접시를 던지고는 부엌에 주저앉아 울기 시작한다. 나는 언니가 엄마에게 맞을 때처럼, 우는 엄마를 그냥 바라본다. 엄마는 언니 정아를 열여덟, 나 송아를 스물, 동생 수아를 스물셋에 낳았다.

엄마가 아들을 낳으려고 애썼다는 것을 안다. 언니가 처음부터 비행 청소년이 될 기질이 있었는지, 아니면 엄마 때문에 비행 청소년이 되었는지 판단할 수 없다. 시장에서 찐빵 장사를 하는 내 친구 엄마는 친구의 언니를 고등학교에 보냈다. 친구 아버지는 어디가 아픈지 돈 벌러 가지 않고 집에 누워 있기만 한데도 말이다. 연고는 보이지 않고 뚜껑에 먼지가 앉은 안티푸라민이 보인다. 안티푸라민을 꺼내는데 엄마가 부엌에서 나를 부른다.

- 니네 둘이 사미 외갓집에 가거라.

실없는 것들에 대한 최후통첩으로 들린다.

언니와 나는 쌀밥과 김치와 된장국이 차려진 아침 밥상

앞에 앉는다. 평소 엄마는 미리 삶아 둔 보리쌀을 하얀 쌀에 섞어서 잡곡밥을 했다. 하얀 쌀보다 노란 좁쌀이 더 많은 조밥도 자주 먹었다. 아버지는 아침 7시면 출근한다. 어젯밤 늦게 들어온 아버지는 다시 이른 아침에 출근한 것 같다. 아버지는 언니와 내가 외가에 가는 것을 알고 있는지 모르겠다.

엄마는 우리와 함께 밥을 먹지 않고 부엌에서 설거지한다. 어제 안티푸라민을 발라 주었어도 언니의 얼굴은 퉁퉁 부어 있다. 팔이 아픈지 숟가락을 잘 들지 못한다. 나는 모른 척하고 된장국을 떠서 하얀 쌀밥 위에 얹는다. 된장국이 하얀 밥 위에 피눈물처럼 번진다. 나는 급하게 밥그릇을 비운다.

엄마는 현관에 선 우리 얼굴을 바로 보지 않고 2만 원을 건넨다. 나는 돈을 받아서 언니가 멘 작은 배낭 안쪽에 넣는다.

- 방학 끝날 때 와라. 차멀미 나면 그 안에 비닐 봉다리 있다.

배낭을 멘 언니와 나는 기차역을 향해 걷기 시작한다. 절벽 같은 계단을 한참 올라가야 들어갈 수 있는 조그마한 교회 앞을 지난다. 수아가 다니는 교회다.

수아는 바깥에서 더 많은 시간을 보낸다. 밥 먹고, 잠자는 것만 집에서 한다. 새벽 기도를 다녀오고, 학교 수업이 끝나고 바로 돌아오는 날보다는 어두워야 집에 오는 날이 더 많다. 초등학교 1학년 때부터 반장이 아니었던 적이 없으므로 학교에 남아 무엇을 하기도 하고, 교회에서 교회 오빠들과 성경 공부를 하기도 한다. 우리 집 부엌 찬장에는 수아가 교회 성경 퀴즈 대회에서 부상으로 받아 온 그릇이 몇 개 있다. 초등학생이면서 고등부 언니, 오빠 들과 선두를 다툰다고 한다. 수아는 방학이면 교회 언니, 오빠 들과 수련회도 함께 가고 봉사활동도 한다. 지난밤, 수아는 늦게 들어와서 새벽에 살그머니 이불 밖을 나갔다.

- 수아는 아무것도 모르지?

언니가 걸음을 멈추고 나를 바라본다.

- 몰라야지.

- 지금 교회에 있겠지?

나는 못 들은 척 걸어간다. 수아에게 언니와 나는 많이 모자라는 인간일 것이다. 엄마가 말하는 것처럼 실없는 것들이다.

기차역에 도착한 언니와 나는 표를 끊어서 개찰구를 나간다. 플랫폼에 서서 기차를 기다리는 언니는 너무 추워 보인다. 손등이나 목 뒷덜미에 살짝 보이는 상처가 덧날 것 같지는 않다.

별리행 비둘기호가 도착한다. 별리라는 곳에 도착하면 기차에서 내리자마자 무조건 버스 터미널로 뛰어가야 외갓집 동네 사미로 가는 버스를 탈 수 있다. 나는 언니 손을 잡고 기차에 오른다. 언니는 나를 창가에 앉으라고 한다. 벌써 외갓집에 가는 버스를 놓치게 될까 봐 가슴이 두근거리기 시작한다. 언니는 자는지 아닌지 모르지만, 눈을 감고 등받이에 기대어 있다. 나는 잠도 자지 못하고 등을 세운 채 세 시간을 기차 안에서 보낸다. 우리는 별리에 도착한다.

별리역을 빠져나오자 마치 이 순간을 위해 기차를 타고 온 것처럼 나는 언니 손을 잡고 뛰기 시작한다. 언니는 엄마에게 매질을 당한 다리 어디가 아픈 것인지 약간 저는 것 같다. 가까스로 사미로 가는 버스에 오른다. 가쁜 숨을 쉬며 언니와 나는 맨 뒷자리에 나란히 앉는다. 언니의 뺨이 홀쭉해져 있다.

울퉁불퉁 비포장에 굽이가 계속되는 길이다. 뒷자리에 앉은 탓에 울렁거림과 몸 쏠림이 심하다. 나는 잡은 언니의 손을 놓지 않는다. 아무도 아는 사람이 없는 곳에서는 언니가 창피하지 않다. 재를 넘는 버스 안에 어둠이 스며든다. 내가 괴로운 표정으로 한 손은 가슴에 대고, 다른 한 손은 입으로 가져가자 언니는 비닐봉지를 꺼내 내 턱 밑에 받쳐 준다. 이럴 때는 언니가 정말 '언니' 같다. 나는 눈물을 흘리며 아침에 먹은 걸 모두 토한다. 언니는 비닐봉지를 묶어서 좌석 아래에 놓는다.

버스가 우리를 산마을에 내려놓자 언니는 비닐봉지를 길가 숲 쪽에 던진다. 언니와 나는 손을 잡고 개울 위에 놓인 다리를 건넌다. 저만큼 불빛이 드문드문 보인다. 구수한 냄새가 난다. 외할아버지가 소죽을 끓이시나 보다. 외할아버지 몸에서도 이런 냄새가 난다.

외가댁 마당에 불빛이 길게 나와 있다. 나는 소리친다.

- 할아버지!

작대기로 소죽을 젓던 외할아버지가 돌아본다. 언니와 나는 부엌으로 뛰어든다. 흙으로 된 봉당에서 먼지가 일어났다가 앉는다.

- 기별도 없이 왔구나. 방학하면 누구라도 오긴 올 줄 알았다.

외할아버지가 언니와 내 손을 맞잡은 후, 아궁이 앞에

앉는다.

- 이거나 먹고 자려 했는데 잘 됐구나. 배고프재?

외할아버지는 서둘러 아궁이 한쪽에서 고구마를 꺼내 재를 턴다. 재 묻은 외할아버지 손가락이 지난여름 뵈었을 때보다 거칠고 야위어 보인다.

- 다 편안하고?

- 네.

내가 대답한다.

- 옥금이는 아픈 데 없나?

옥금이? 나는 잠시 어리둥절해진다.

- 엄마는 잘 있어요.

언니가 대답한다. 외할아버지가 우리 앞에서 엄마 이름을 이렇게 불렀는지 기억이 나지 않는다. 옥금이…. 나는 마음속으로 엄마 이름을 불러본다. 엄마는 옥금이지. 어린 시절, 학교에도 다녀보지 못하고 소 먹이러 다니던 소녀. 옥금이. 여기가 옥금이가 살던 집이지.

외할아버지가 닭을 잡아서 저녁을 하는 동안, 언니와 나는 방에서 군고구마를 먹는다. 외할머니는 엄마가 아직 어렸을 때, 출산하다가 돌아가셨다. 열 한 명의 자녀를 낳았는데, 아들은 어려서 모두 죽고 딸만 다섯 남았다고 한다.

엄마는 그중 둘째다. 외할머니가 아들을 낳지 못한 채 죽자 외할아버지는 먼 친척 중 한 사람을 양자로 올렸다. 그 양자가 만 평의 땅을 이미 물려받았고, 대신 외할아버지가 죽으면 제사를 지내줄 거라고 한다. 나는 이런 상황은 그대로 받아들이고 딸들에게 인색한 엄마를 이해하지 못한다.

늦은 저녁으로 닭고기와 닭죽을 배불리 먹으면서도 외할아버지는 언니의 피멍에 대해서는 아무것도 묻지 않는다. 언니와 나는 외할아버지가 이불이 타들어 가도록 장작불을 넣은 방에 곯아떨어진다. 새벽녘, 방바닥 열기로 살이 데일 것 같은 느낌에 눈을 뜨며 문득 생각한다. 양자는 꼭 있어야 하는 걸까? 누구에게도 그 말을 물어볼 수가 없다.

- 송아야, 우리 저기 위에 가 보자.

아침을 먹고 나자 언니가 내 손을 끈다.

- 저기 어디?

밭둑을 걸어 나와 강줄기를 따라 걷는다. 꽁꽁 언 강을 비낀 저만큼 붕긋하게 돋은 둔덕이 있다. 언니는 그 둔덕을 향해 걷는다.

- 동화책에 나오는 것 같은 저 집, 보이지?

붉은색 지붕에 외벽에도 돌이 박힌 건물이다.

- 그러네. 근데?

- 저기 가까이 가 보자.

건물 가까이 와서 경사가 높은 돌계단 앞에 선다. 우리는 숨을 몰아쉬며 지붕 위에 십자가가 있는 집을 올려다본다. 마당 빨랫줄에 줄무늬 티셔츠가 매달려 있는데 마치거인의 옷 같다.

- 언니, 저긴 거인들의 집인가 봐. 옷이 뭐 저렇게 커?
- 선교사들 옷일 거야. 올라가 보자.

언니가 먼저 계단으로 올라선다.

- 난 안 가.
- 왜?
- 무서워.
- 거인이 아니라니까.
- 그래도 안 가.

언니는 하는 수 없다는 듯 돌계단에서 무릎을 꿇는다. 그러고는 십자가를 향해 두 손을 모으고 눈을 감는다. 발이 시리고 뺨이 얼어붙는 듯하지만, 찬 바닥에 무릎을 꿇고 있는 언니를 보며 나는 아무 말도 하지 못한다. 언니의 뺨에 눈물이 흐르기 시작한다. 나는 돌아서서 천천히 걷는다. 이럴 때는 언니가 혼자 있도록 피해 주는 게 좋을 것 같다. 얼어붙은 강가로 내려와 걷는다. 잠시 후 언니가 뒤따라와서 얼음을 지치며 말한다.

 - 수아가 매일 새벽 기도 가서 나를 위해 기도한대.

 - 수아가 그런 말을 했어?

 - 아니, 일기장 봤어. 그 어린 게 나를 위해 매일 울면서 기도한대.

 - 언니. 우리는 왜 다른 집 가족들처럼 서로를 사랑하지 못하는 걸까?

 - 엄마 때문이야.

 언니는 조금도 주저하지 않는다. 그리고 얼음을 지치며 입을 앙, 다문다.

 - 엄마는 아무도 사랑하지 않아.

 나는 누굴 사랑하는지 생각해 본다. 나도 아무도 사랑하지 않는 것 같다.

*

 뭘 해서 돈이라도 벌어 가거나, 언니를 언덕 위의 그 건물에 맡기고 간다면 집으로 가는 발걸음이 가벼울 것 같다. 언니와 나는 올 때의 그 차림 그대로 집으로 돌아간다. 엄마는 무표정한 얼굴로 우리를 맞이한다. 나는 당장 다음 날이 개학이었으면 좋겠다고 생각한다.

다음 날, 엄마는 계모임에 간다며 나가고, 수아도 늘 그렇듯 아침밥을 먹은 후 교회로 갔다. 언니와 둘이 점심을 먹고 있는데 친구들이 찾아왔다. 내가 방학 동안 보이지 않아서 궁금했던 것 같다. 나는 당황한 얼굴로 현관에 나가 친구들을 돌려보낸다.

- 뭐라고 한 거야?

다시 밥상 앞에 앉는 나에게 언니가 의아하다는 듯 묻는다.

- 피곤하다고 했어. 사실이잖아.

- 그래도 일부러 찾아온 친구들을 그렇게 돌려보내냐?

나는 얼굴을 찡그리며 수저를 내려놓는다. 언니도 숟가락을 소리 나게 내려놓더니 소반을 들고 부엌으로 나간다.

- 언니 때문인 거, 언니는 모르는 거지? 그렇게 눈치가 없으니까 이렇게 사는 거야.

- 뭐?

언니는 부뚜막에 소반을 내려놓다가 나를 멍하니 바라본다. 나는 언니를 노려본다.

- 너, 그럴 때, 엄마 닮았어.

- 닮았든 안 닮았든 그게 뭐? 나라면, 내가 언니라면 어

딘가로 나가서 다시는 집에 돌아오지 않을 거야. 이 집안에 제일 큰 언니가 계속 이렇게 살면 나는 어떻게 해야 해? 순간, 언니가 부엌 벽에 대못을 박고 걸어 둔 프라이팬을 빼 들고 방 안으로 뛰어든다. 나는 도망가는 대신 선 채 몸을 웅크린다. 어깨며 등에 충격이 가해지며 둔탁한 소리가 난다.

- 네가 그렇게 잘났어? 그렇게 잘났냐고? 어?

나는 언니와 몸싸움하며 고개를 빳빳이 든다.

- 내가 잘났으면 언니 상관 안 해. 못났으니까, 못난 둘이 집에서 이러고 사는 게 너무 싫단 말이야. 동생들을 위해 희생했다고 하지 마. 나를, 수아를 생각했다면 언니는 엄마를 이겼어야지. 그걸 왜 아직도 몰라?

언니는 프라이팬을 집어 던지고는 내 어깨를 꽉 잡는다.

- 사람들은 자식 이기는 부모 없다고 말하지만, 그렇지만은 않아. 부모 이기고 사는 거나 부모에게 지고 사는 거나, 피장파장이야. 태어나서 다 자라기도 전에 부모와 이기고 져야 할 싸움을 해야 하는 처지, 그게 이미 사람을 미치게 한다는 걸 너는 보고도 모르냐? 엄마도 첩첩산중 그런 데서 태어나 학교를 못 다닌 거고, 나도 그런 엄마를 둬서 이렇게 된 거라고.

- 그래도 엄마처럼 되지 않으려면 이겨냈어야지. 대책도 없이 이렇게 살 거면서 왜 굴복했어? 왜 나에게까지 피해를 주냔 말이야?

- 피해? 내가?

- 양보했다고 하면서 나를 힘들게 하고 있잖아.

언니는 집어던졌던 프라이팬을 다시 집어 들고는 몸에 힘을 뺀 채 멍한 표정이 되어 부엌으로 나간다. 엉엉, 서럽게 울며 설거지하는 소리가 난다. 유일하게 마음을 나누고 친구처럼 지내던 동생이 한 말이어서 더 충격을 받은 것 같다. 나는 미안하다고 말하고 싶지 않다. '시러븐 것'들끼리 미안해하는 건 아무 소용이 없다. 언니가 독을 품기를 바라며, 나는 사과하지 않는다. 내 인생도 오답투성이 시험지 꼴이 되어 가는 것 같다.

나는 아침 일찍 집을 나선다. 엄마는 내가 나가는 걸 알아도 별 신경을 쓰지 않을 수 있다. 나는 기분이 좋지 않으면 아침밥을 먹지 않고 말도 없이 학교에 가끔 갔다. 어제 저녁에도 일찍 자는 척했기 때문에, 내가 언니랑 싸운 건 모를 것이다. 수업을 하고 집으로 오자 내 책상 서랍, 일기장 위에 쪽지가 놓여 있다.

<네 말이 다 맞아. 성공할 자신은 없지만 내가 올 때까지 찾지 마. 대신, 차비랑 당장 잘 곳은 있어야 하니까 궤짝 안에 있는 엄마 금반지 가져간다. 엄마에게는 언젠가는 갚는다고 전해 줘.>

나는 언니에게 이렇게 말하고 싶다. '금반지는 안 갚아도 되니 꼭 이겨 내라'고. 밤이 되어도 누구도 언니를 찾지 않는다. 나는 엄마에게 언니의 메모를 읽어 준다. '성공할 자신이 없지만'이라는 말은 빼고, 없는 말을 덧붙인다.

<엄마 아버지 건강하시고, 정말 죄송하다는 말도 꼭 전해 줘. 수아도 많이 보고 싶을 거라는 말도….>

엄마는 딱 한 마디만 하고 돌아눕는다.

- 시러븐 것!

무궁화 사택

언니가 집을 나간 후 엄마가 노래 부르는 모습을 본 적은
없다. 가요 책 심부름도 시키지도 않는다.

등교하는데 엄마가 깜박 잊었다는 듯 문을 열고 말한다.

- 학교 끝나면 무궁화 사택으로 와라.

- 무궁화 사택?

무궁화 사택은 아버지가 다니는 회사의 직원용 사택인
데, 지금은 사람이 살지 않는다. 지난해 회사에서는 그곳
사람들을 모두 강 건너편 마을에 새로 지은 대단위 아파트
단지로 이주시켰다. 시멘트 가루가 날리는 공장과 사택이

너무 가까워서 문을 열고 살 수가 없었기 때문이라고 한다.

 - 빈집에 가서 살기로 했다. 천국이 따로 없을 거다.

천국까지는 몰라도 거기 가면 마당도 있고, 부엌도 있고, 변소도 집 안에 있다. 사택 단지는 무궁화, 진달래, 개나리 이렇게 세 개의 등급으로 구분되어 있었다. 해당하는 꽃나무로 울타리를 만들어서 구분했다. 연분홍 무궁화꽃이 피는 사택은 맨 위쪽에 자리를 잡았고, 주로 서울에서 온 간부들이 살았다. 대부분은 몇 년간 살다가 곧 서울로 돌아가는 그 사람들은 외모부터 달랐다. 아저씨들은 대체로 허여멀겋고 약간 살집이 있는 스타일이 많았다. 아줌마들은 하얀 얼굴에 날씬하고 세련된 분위기였다. 아이들도 특별했다. 초등학생이면서 학교에 갈 때 체크무늬 재킷에 나비넥타이 차림을 하는 남자아이들도 있었고, 하이틴 잡지 모델처럼 도톰한 스타킹 위에 모직 스커트, 가죽 부츠나 구두를 갖춰 신는 여자아이들도 있었다. 기운 흔적이 있는 바지 한두 개로 겨울을 버티는 우리로서는 꿈도 꿀 수 없는 차림이었다. 무궁화 사택 아래 등급인 진달래와 개나리 사택에 사는 사람들은 지방에서 오래 산 사람들이었다. 우리는 아버지 직급이 낮아서인지 사택에는 들어가지 못하고 월세로 사는 중이다.

엄마가 그곳을 천국에 비유한 건 월세를 받으러 오는 집 주인을 더는 만나지 않아도 되었기 때문인 것 같다. 나는 버려진 무궁화 사택에 가는 게 싫지만은 않다. 채무자 같은 모습이 되는 엄마를 보지 않아도 되고, 독채에 넓은 마당도 있기 때문이다.

7교시 수업을 마치고 나는 혼자 걸어온다. 수아는 중학생이 되면서 다니는 교회가 소속된 교단에서 운영하는 대안 시설에 들어갔다. 수아는 그곳에서 학비까지 지원받고 있다. 집에는 아주 가끔 들렀다가 금세 돌아간다. 중학교와 고등학교가 함께 있어 가끔 학교에서 보기는 한다. 수아는 똑똑해서인지 세상을 사는 방식이 언니나 나와는 다르다.

멀찌감치 정문 위에 높이 달린 회사 로고가 눈에 들어온다. 일곱 개의 빨간 별이 그려진 부채꼴 모양의 로고다. 로고를 이고 있는 정문을 들어서면 두 갈래 길이다. 왼쪽으로는 경비실을 시작으로 잇달아 공장 건물이 있고, 오른쪽 언덕에는 사택 단지가 있다. 나는 잠시 서서 언덕 위에 있는 집들을 쳐다본다. 언니 생각이 나서다.

나는 몇 년간 봄이면 몸살감기를 심하게 한 번씩 앓곤했다. 그때마다 엄마는 언니를 불러서 시멘트 공장과 사택 사이에 있는 진료소로 나를 데리고 가게 했다. 회사 직원이거나 그 가족들이 이용하는 진료소였다. 털실 뭉치를 바구니에 담아 놓고 뜨개질하던 간호조무사가 아버지 소속과 이름을 물으면 언니는 기다렸다는 듯 대답했다. 장비과 황덕준요.

아주 잠깐, 이마가 훤하고 가운 위에 청진기를 건 의사 앞에 앉으면 감기약 3일분이 처방되었고, 진료비는 아버지 월급에서 차감했다. 언니와 나는 약을 받아서 집으로 바로 오지 않고 사택 단지를 둘러보곤 했다.

"여기 사람들은 좋겠다. 이렇게 좋은 집에서 공짜로 사니…."

언니와 내가 엄마 말을 흉내 내고 있다는 걸 알게 되었다.

사택 단지는 마당에 세워 놓은 자전거나 유모차, 그리고 널어 놓은 빨래가 볼 수 없을 뿐, 그때와 많이 달라 보이지는 않는다. 우리가 어른이 될 때면 집마다 마당이나 차고에 자가용이 있을 거라고 하는데, 지금은 그런 시대가 아니다.

마당에 아직 정리하지 못한 짐이 나와 있는 집이 보인다. 연한 하늘색 벽에 기와지붕인 일본식 집이다. 머리에 수건을 쓰고 바쁘게 움직이던 엄마는 나를 본체만체한다.

잘 찾아왔으면 됐다는 뜻인 것 같다. 나는 집 안을 둘러본다. 방은 세 개나 되고, 그중 하나는 다다미가 깔린 방이다. 방마다 벽장이 있어서 이불이나 옷을 넣어 둘 수도 있다. 부엌은 입식이고, 아주 넓다. 방과 방을 잇는 마루 복도가 길게 있고, 복도 끝에 화장실이 있다.

엄마는 불을 넣지 않는 일본식 다다미방에 재봉틀이나 쌀 포대를 집어넣고 다락이나 창고처럼 쓰겠다고 한다. 아버지는 책상 하나를 주워 리어카에 싣고 와서 창가에 놓아 준다. 나는 책상 앞에 앉아 본다.

문살에 창호지를 붙인 창을 열자 다시 여닫이 유리창이 또 있다. 유리창 너머 언덕 아래로 우리가 살던 시장 동네가 올망졸망 펼쳐져 있다. 다시 가야 할 곳이 아닌, 떠나온 곳이어서 다행이다.

이사 온 지 일주일째 저녁, 밖이 떠들썩하다. 아버지가 아저씨 둘과 마주 서 있다. 시멘트 회사 로고가 붙은 회색 모자를 쓴 사람들이다.

- 곧 철거할 집에 허가도 없이 누가 이사를 들어오라 했소?

- 우리만 들어와 사는 것도 아닌데 왜 이래요?

- 이 집이 제일 먼저 들어왔잖소? 그때부터 너도나도 도둑 이사를 들어오고 있어요. 그러니까 당장 짐 싸서 얼른 나가요.

- 이보슈, 나도 이 회사 직원이요. 매일 쎄멘가루 마셔가며 일하는 직원이란 말이오. 그러니 내 앞으로 사택 한 채는 못 줄망정, 살다가 철거하는 날에는 나가겠다는데 그것도 못 봐줘요? 나는 한 발짝도 못 나가니 어디 당신들 맘대로 해요.

아저씨 둘이 아버지와 조금 떨어져서 뭔가 소곤거린다.

- 분명히 약속하는 거요. 철거가 시작되면 두말없이 나가는 거요.

- 걱정마쇼.

아버지는 아저씨 둘과 아랫마을로 내려간다. 밤이 되어 아버지는 취기를 달고 들어온다. 나는 궁금하여 안방으로 따라간다.

- 너도나도 자꾸 이사를 들어오니까 회사에서 한번 나가보라 한 모양이야.

엄마 앞에서 늦은 저녁을 혼자 드시며 아버지가 말한다. 세상 사는 방법은 쉽고도 어려워 보인다.

- 이사 들어올 때, 까딱없다더니….

엄마는 양재기에 물을 떠서 상 위에 놓으며 작게 구시렁거린다.

- 다 사정이 있는 거지.

무슨 말인지는 잘 모르겠지만, 아버지가 든든하게 느껴진 건 사실이다.

떠날 때 떠나더라도 사는 동안 누리는 게 최선일 것 같다.

나는 비 오는 날이면 빈집 화단을 돌며 마음껏 꽃모종을 뽑아온다. 크고 좋은 꽃나무는 모두 새로 지은 직원 아파트 단지로 옮겨 갔지만, 꽃모종은 수도 없이 많다. 창 밑에 나팔꽃 모종을 심자 엄마는 모기 끓는다고 잔소리하면서도 모종을 뽑아내지는 않는다. 무얼 심는 것을 나 혼자만 좋아하는 건 아니다. 엄마와 아버지도 흔해진 주변 땅에 맘껏 작물을 심는다. 옥수수며 파며 고추, 상추가 자라자 우리 집은 농원처럼 보인다. 작물 위에 시멘트 가루가 앉든 말든 엄마는 때를 만난 사람처럼 이모작까지 시도한다. 나는 엄마와 함께 8월 뙤약볕 아래를 기며 고구마 줄기를 걷어 내고 고구마를 캔다. 캔 고구마를 마당에 널어 놓고 고구마에 묻은 흙이 마르기를 기다린다. 하얀 면장갑을 끼고 흙을 턴 고구마를 상자에 넣어 두었다가 겨울까지 먹는다. 고구마를 심었던 자리에는 김장 배추 모종이 자란다. 엄마는 아침에 일어나면 배추밭에 들어가서 배추벌레를 잡는다. 아무 일도 없는 평화로운 집 같다.

어느덧 고3, 겉으로 나는 고3 수험생인 건 분명하다. 챙겨 간 도시락은 점심으로 먹고, 저녁은 굶으며 오후 7시부터 오후 10시까지 자율 학습을 한다. 집이 가까운 아이들은 정규 수업이 끝나면 집으로 가서 밥을 먹고 온다. 야간 자율 학습을 하고 어두운 언덕을 올라 집에 오면 나는 연탄불 온기가 있는 부뚜막에 걸터앉아 그제야 밥을 먹는다. 저녁밥을 먹은 나는 내 방 책상에 앉아 자정까지 공부하다가 아침 6시에 일어난다. 매일 이런 시간을 보내지만, 내가 대학에 갈 수 있다고 생각하지는 않는다. 그렇다고 대학에 갈 수 없다고 생각하지도 않는다. 친구들이나 담임이 나를 대학에 가는 아이로 보는 것 같으면 부인하지도 않는다. 나도 내 미래를 알 수 없기 때문이다.

학력고사를 치른 내 마음은 담담하다.

무궁화 사택에 사는 동안 엄마는 팔자타령을 하거나 집을 나간다는 말은 하지 않았다. 대신, 대학 얘기가 나오면, 날카로운 반응을 보이곤 했다. 언니에게 하듯 나를 때리지는 못했다. 언젠가 나를 향해 "자식이라고 어디 한 번 욕을 할 수 있나. 몇 대 때려 보길 했나. 남의 집 딸들은 이년 저년 해도 다 웃어넘긴다는 데, 내 자식이라고 해도 어디 만만해야 말이지."라고 말한 적이 있다.

하지만, 내가 대입 원서를 쓰겠다고 하자 엄마는 마침내 폭발한다.

- 네가 누굴 잡아먹으려고 감히 대학이냐?

이것으로 끝나지 않는다. 나는 엄마 입에서, 객지에 나와 집 한 채 없이 사는 부모 고생은 안중에도 없고 제 욕심만 차리는, 이기적인 딸이 된다. 언니가 떠나고 수아가 떠났어도, 나를 그런 딸로 만드는 엄마를 빤히 바라본다. 엄마가 나를 욕하거나 원망하는 것은 무지에서 오는 두려움 때문이다. 한 번도 닿아 보지 못한 세계에 대한 두려움. 언니와 내가 외가 동네에서 커다란 줄무늬 티셔츠를 보고 되돌아왔던 언덕 위의 교회 같은.

- 엄마. 내가 잡아먹긴 누굴 잡아먹는다고 그래? 다 같이 잘되려고 하는 거지.

- 점점, 한 마디도 안 지지. 시끄럽고, 내일 갈 데가 있다.

졸업 선물이라도 되는 것처럼, 나는 엄마가 미리 준비해 둔 새 바지와 새 셔츠를 천천히 입는다. 그 위에 3년 내내 교복 위에 입던 남색 모직 코트를 걸치고 엄마를 따라 집을 나선다.

버스를 탄다. 엄마는 차창만 내다볼 뿐 아무 말도 하지 않는다. 한 시간여를 달려 도착한 곳, 설해라는 인근 도시에 있는 버스 터미널이다. 나는 엄마를 따라 터미널 안 사무실로 들어간다. 기름 냄새 나는 사무실에 감색 잠바를 입은 중년의 남자가 앉아 있다. 난로 위에 놓인 주전자에서 구수한 보리차 물이 끓고 있다.

- 학생! 주산 놓을 줄 알아요?

- 아니요.

- 타자는?

나는 고개를 가로젓는다.

- 상과 나왔다더니, 아니에요?

남자가 나 대신 엄마를 바라본다.

- 그냥 청소부터 시키면서 차차 가르치면 돼요.

- 애가 있을 데는 있어요?

- 여기 어디서 먹고 자게 해요.

남자는 피식 웃으며 엄마를 쳐다본다.

- 여기 그럴 데는 없어요.

돌아오는 버스 안에서 엄마는 한 마디도 하지 않는다. 나는 그 침묵의 의미를 깨닫는다. 대학생이라는 이름으로 집을 떠나려고 했던 건 내 생각이었을 뿐, 무조건 집을 떠나야 할 상황이라는 게 분명한 사실이다.

월급봉투를 엄마에게 맡기는 아버지는 비상금이라고 할 것까지는 아니더라도 이렇게 저렇게 모인 잔돈을 철궤 안에 두곤 한다. 다음 날, 나는 궤짝 안에 모여 있는 아버지의 돈 오천 원을 들고 버스 터미널로 다시 향한다. "여기 그럴 데는 없어요."라고 말하던 남자의 굳은 표정보다는 "애가 있을 데는 있어요?"라는 남자의 말에 희망을 걸어보기로 한다. 내 인생에서 남은 건, 엄마보다 더 나를 걱정하는 듯한 그 한 마디뿐이기 때문이다.

플라워하우스

5년 뒤, 나는 "애가 있을 데는 있어요?"라고 묻던 그 남자와 성당에서 식을 올렸다. 회사 직원 몇몇을 증인으로 참석시켜 하객 없이 치렀다. 남자가 일하는 사무실 잔심부름부터 시작하여 사무보조, 경리업무를 배우며 조금씩 일을 한 뒤였다.

남편은 나보다 스무 살 위, 그러니까 엄마와 동갑이다. 내가 처음 버스회사를 찾아갔을 당시 그는 독신이었다. 나는 내 몸 누일 곳이 있고, 굶지 않고, 나를 독촉하지 않는 환경이라면 아무래도 좋았다. 남편은 그런 조건을 충족시

키는 사람이었다.

가끔 나에게 또래들과 청춘을 즐기지 못한 아쉬움은 없느냐고 묻는 사람도 있다. 그럴 때마다 나는 '즐기는' 게 무엇인지 모른다고 대답한다. 본 것도, 아는 것도, 누려 본 것도 없는 내게 삶은 생존일 뿐 그 무엇도 아니다. 그것으로 충분하다.

사람을 좋아하고, 당구나 골프 같은 잡기에도 능한 성품인 남편에게 미안한 마음은 있다. 사업상 부부가 함께 외부활동도 해야 하고, 회사 안에서도 나름 배우자로서의 내 역할이 필요하지만, 그는 그런 활동을 꺼리는 나에게 전혀 불편한 기색을 보이지 않는다. 아이를 낳아서 키울 자신이 없어 하는 것에 대해서도 인정해 준다.

남편은 나에게 경제활동을 하지 않아도 되고, 원한다면 대학에도 가라고 했다. 하지만 내가 대학에 가려고 했던 건 돈을 벌어서 엄마를 도와주고, 내 삶을 준비하기 위해서였다. 돈 걱정 안 해도 되고 엄마의 간섭을 받지 않고 살 수 있는데, 번거롭게 대학에 갈 필요는 없었다. 내가 희망하는 사치는 이 삶을 더 확장하지 않은 채 남편 곁에서 보호받는 것이다.

이제 집을 나온 지 올해가 32년째 된다.

아침에 일어나면 나는 언제나 집을 나와 바다를 걷는다. 아침 바다에는 불면증에 시달리는 은퇴자나 일자리 창출에 참여하는 노인들이 대부분이다. 걷다 보면 종종 일출을 만나기도 하는데, 그것은 단지 우연일 뿐이다.

아침 산책을 마치고 돌아오면 남편은 차를 준비해 두고 나를 맞는다. 오늘도 차 한 잔을 마시고 활기찬 모습으로 느지감치 출근했다. 출근하는 남편을 배웅한 후, 나는 조금 전까지 그와 함께 앉아 차를 마시던 그네로 가서 다시 앉는다. 마당에는 그와 함께하는 일상의 흔적이 그대로 있다. 씨를 뿌려 키워 낸 온갖 꽃들, 꽃나무들, 차를 마시는 야외 테이블과 파라솔, 그와 함께 나란히 앉아 바다를 바라보는 원목 그네.

그동안 아버지나 엄마, 언니와 수아가 어디에, 어떻게 사는지 알고 있었지만, 거의 왕래하지 않았다. 삶에 어떤 기억은 오랜 세월이 지나도 그리 쉽게 지워지지 않는다. 그리움이 남아 있다고 해도 만나지 않고 사는 게 오히려 자연스러울 때도 있다. 언제, 어느 때, 어떤 모습으로, 무슨 말부터 하며 다시 만나야 할지 잘 모를 때는 기다려야 한다.

아버지와 엄마는 그 도시에 그대로 살고 있다. 내가 집을 떠나 온 다음 해 무궁화 사택은 철거되었다. 아버지는 시멘트 회사 직원의 한 명인 중장비 기사로 참여했을 것이다. 안쪽에 몇 겹의 거즈를 댄 검정색 가죽 마스크를 쓰고 우리가 살던 집을 부수어 버렸을 아버지 모습을 상상해 본다. 새로 옮긴 집은 강 건너 직원 아파트 단지였다.

퇴직한 후에는 엄마가 독하게 모아 놓은 돈으로 집 한 채를 마련했고, 아버지는 아파트 경비로 더 일하며 그럭저럭 살고 있다. 교회 오빠와 결혼해서 부부 교사로 사는 수아는 일 년에 한두 번 나에게 전화해서 우리 집 소식을 전하고, 나는 이웃의 어떤 집 소식을 듣듯 한다.

언니는 15년 전에 한 번 만난 적이 있다.

어느 겨울, 초인종 앞에 서 있는 여자는 거지 행색의 언니였다. 그 순간 언니의 손을 잡고 벌리 역에서 뛰던 기억이 되살아났다. 버스를 놓치면 언니와 나는 대합실에서 밤을 새워야 했다. 그 기억이 싫어서 나는 결혼한 후 남편 회사에도 가지 않는다. 시장 동네에서 무궁화 사택으로, 무궁화 사택에서 버스 회사로 이어진 내 삶에서 뒤돌아 보고 싶은 순간은 없다. 그런데 문밖에 선 그 여자가 나를 또 끌고 들어가려고 하는 것 같았다. 나는 과거의 그 순간이 온 것처럼 현관문을 밀고 나가 야광등이 이어진 정원을 뛰어

나갔다. "왜? 왜 또 나야?"라는 말이 목구멍까지 올라왔다. 겨울인데 슬리퍼 속의 발은 맨발이었다. 낡고 헐렁한 바지에 목이 늘어진 셔츠, 커트를 친 머리는 헝클어졌다. 멍이 든 눈두덩이와 뺨이 모든 걸 다 말해 주고 있었다.

- 송아야. 진단서를 끊어야 이혼을 할 수 있어. 나 좀 도와줘.

- 그대로 있어.

나는 안으로 들어가서 코트를 걸치고 나와 자동차 시동을 걸었다. 언니와 함께 병원으로 가는 동안, 내 입에서 몇 번이고 "영원히 안 보고 살 수는 없겠니?" 하는 말이 튀어나오려고 했다. 보호자가 될 용기가 없어서 아이도 낳지 않고 사는 내가 언니의 보호자로 서명하고 있었다. 병원에서는 진단서를 끊어주며 YWCA에 연락했다. YWCA에서는 가정폭력 피해자의 신변 보호를 위한 임시 보호소 '평안의 집'으로 연결해 주었다.

소나무 숲이 우거진 진입로를 지나자, 저만큼 저무는 겨울 볕 아래 흰색 연립 한 동과 갈색 벽돌 벽의 사무실 한 동이 나란히 서 있었다. 5층 건물 몇몇 베란다에서 나부끼는 빨래가 평화로워 보였다. "언니야. 그때 우리 외갓집 동네에서 보던 그 교회 앞 빨래 생각나나?" 하마터면 나는 언니에게 그렇게 물을 뻔했다. 엄마 말이 다 맞는 것 같다고 생각했다. 언니와 내가 다시 이런 모습으로 만난 건 실없는 것들이어서다. 나는 언니에 앞서 보폭 넓은 걸음으로 사무실을 향했다.

- 여기서 지낼 수 있는 최장기간이 3개월이에요. 그동안 이혼을 원하신다면 저희가 도와드릴 거고요.

복지사가 말했다.

언니는 하얀 건물 2층에 방을 배정받았다. 방은 아늑하고 따뜻했다. 붙박이 장롱에 싱크대, 이불, 그릇…. 모든 것들이 갖추어져 있었다.

- 서랍 안에 옷이 조금 있어요. 보시고 입을 만한 게 있으면 급한 대로 입으시고요. 여기 옷 대부분은 아파트 재활용 상자에서 거두어 온 옷인데, 직접 옷을 가지고 오는 분도 계세요. 또 반드시 지켜야 할 사항은 이곳은 비밀 공간이라는 겁니다. 누구에게도 이 장소를 알려서는 안 되고, 외출할 때는 저희와 항상 함께 다녀야 해요. 전화는 발신지 추적이 안 되는 사무실의 전화를 사용하세요. 아, 참. 병원 가실 일 있으면 언제든 말씀하세요. 모든 진료는 무료로 받을 수 있으니까요.

언니는 서럽고 아득한 표정으로 양미간을 모은 채 벽을

짚으며 화장실로 갔다. 병원에서 나와 약국에 들른다는 것을 잊었다. 나는 티브이를 틀어 놓고, 쌀을 씻고, 혼자 마트에 가서 고기를 샀다. 양파와 깐 마늘과 청양고추와 상추와 양송이와 쌈장도 준비했다. 술 진열대 앞에 섰다. 술을 마시면 울 것 같았다. 울면 정말 영원히 '시러븐 것'들로 인생이 끝날지도 몰랐다. 함께 웃으며 술을 마실 수 있을 때까지 언니와 나는, 어딘가에서 잘살고 있는 엄마의 딸들이어야 했다. 나는 은행 365 코너에 들렀다.

프라이팬에 고기를 구워 창밖 소나무가 보이는 식탁 앞에 언니와 마주 앉았다. 나는 준비한 봉투를 내밀었다.

- 이게 뭐냐?

- 이 정도면 당분간 혼자 그럭저럭 살 수는 있을 거야. 여기서 며칠 몸 좀 추스르고 나면 어디라도 가서 일자리도 잡고 새로 시작해 봐.

언니는 봉투를 열어보고 한동안 말을 잇지 못했다.

- 고맙구나.

- 그 옛날 언니한테 퍼부었던 아픈 말 값이라 생각해 줘.

- 난 그때도 바보 같았는데, 아직도 그렇지?

- 독하게 살아. 옛날에 집을 나갔을 때처럼, 이제 거기도 뒤돌아 보지 마.

- 그럼 좀 털고 가야겠다. 술은?

- 지금 술을 마신다면 눈물만 만들 뿐이야.

- 아쉽네.

술도 없이, 언니는 길고 긴 이야기를 시작했다. 나는 허리를 곧게 펴고 고기를 구우며 언니의 이야기를 들었다.

*

드득, 드득, 후두둑, 빗방울이 흐벅지게 떨어진다. 화원으로 쓰는 비닐하우스 입구 쪽에 인기척이 난다. 분갈이하던 여자가 돌아본다.

- 친구, 있어요?

가끔 찾아오곤 하는 여자의 남편 고등학교 동창이다. 남자는 물이 줄줄 흐르는 우산을 접어 든 채 벌써 화원 안에 들어와 있다. 주식으로 짭짤하게 재산을 모았다는데, 무슨 이유에서인지 이혼했다고 한다. 남자는 매번 남편을 찾아와서 자신이 가진 돈의 가치를 확인하려 들곤 했다.

- 네, 안에요.

여자는 비닐하우스 끝 쪽에 있는 컨테이너를 가리킨다. 그 사이 낮잠을 자던 남편이 컨테이너 문을 열고 나온다.

차림이 말끔한 친구를 맞이하는 남편은 쥐가 집 지어 놓은 것 같은 뒷머리를 자꾸만 쓸어내린다. 여자는 남자가 오늘만은 그런 짓을 하지 않기를 바라며 마음을 졸인다.

"친구야, 돈이라는 게 뭐 별건가. 인생 뭐 없어."

"친구야, 이혼하니까 참 후련하고 좋네. 자유롭고 말이야."

여자는 알고 있다. 이혼이란, 어느 한쪽이라도 희망이 있을 때 하는 것이다.

남편과 남자는 밖으로 나가 길 건너편에 있는 붕어빵 집으로 들어간다. 아마도 오후 내내 어묵국을 안주 삼아 소주병을 비울 것이다. 여자는 흙을 쏟고, 화초를 다시 심는다. 방에서는 아이들이 몇 시간째 컴퓨터 앞에 달라붙어 떨어질 줄 모른다. 내일이면 컴퓨터는 물론, 세간 모두가 넘어갈 판이다. 세간살이 가격은 기껏 50만 원이다. 어디서 50만 원만 구해 오면 침대도, 컴퓨터도, 티브이도, 냉장고도 모두 그 자리에 남을 수 있다.

이런 사정을 주변에서 모르지는 않는다. 남편의 집안과 여자의 동생들이 몇 번 도움을 주었지만, 이제는 전화조차 받아 주지 않은 지 오래되었다. 교회 신도들도 신방을 끊었다. 50만 원으로 되돌릴 수 있는 삶이 아니라는 것을 이제는 다 아는 것 같다.

친구 같았던 여동생을 프라이팬으로 두들겨 팬 다음 날 집을 나올 때 갈 곳은 없었다. 부모님과 동생들을 위해 해 줄 수 있는 건 가능하다면 멀리 떠나 주는 거였다. 버스를 다섯 시간 탄 후, 여자는 반짝이는 붉은 십자가를 따라 교회에 갔다. 그곳에서 하룻밤 잔 것이 계기가 되어 목사님이 소개한 꽃집에서 일하며 꽃꽂이를 배웠다. 곧 여자는 교회 꽃꽂이 담당이 되었다. 남편을 교회에서 만난 건 아니었다. 어느 날 여자가 일하는 꽃집을 지나가던 남자가 길을 물었고, 다음 날 길을 가르쳐 준 보답이라고 하며 아마존 화분 하나를 사러 왔다. 그 화분을 여자에게 주며 데이트 신청을 했다.

비닐하우스 안이 어둑해질 때쯤, 남편이 비닐 문을 거칠게 잡아당기며 안으로 들어왔다. 갑자기 여자의 머리채가 번쩍 들린다. 이어 쿵, 하는 소리가 나자 아이들이 컴퓨터에서 떨어져 후다닥 빗속으로 뛰어나간다. 물건들이 바닥에 떨어지며 깨지는 소리, 유리창이 내려앉는 소리. 여자는 시멘트 바닥에 쓰러지며 잠시 정신을 잃는다.

- 니미 씨부럴, 쳐다보기는. 확 다 죽여뿌까.

행인들이 흩어지는 소리 뒤에 다시 파열음이 섞인다. 여자는 뒤로 난 쪽문을 열고 밖으로 기어 나온다. 겨울비는 도시가 내뿜는 불빛에 마술을 부리며 여자의 눈앞을 흐린다. 여자는 길을 건너 붕어빵 집 문을 열고 들어간다. 찾아갈 곳은 엄마뿐이다. 이번에는 엄마가 무조건 나를 도와줘야 한다.

붕어빵 집 여자는 차비는 빌려 줄 수 있지만, 기차는 이미 끊겼을 것이고, 그 행색으로 버스를 탈 수 있겠느냐고 한다.

- 내 차로 가이소!

택시 운전을 하는 붕어빵 집 여자의 남편이 방에서 나온다. 여자는 고개를 끄덕인다.

- 야간에 빗길이라 대충 다섯 시간쯤 걸릴끼요.

택시비가 상당할 것 같다.

- 요금은 도착해서 마련해 드릴게요.

- 그러이소. 그리고 당신도 같이 가세.

남편의 말에 붕어빵 집 여자가 정색하며 말한다.

- 같이요?

- 먼 길인데 아줌씨 혼자 뭐할 테고, 나 혼자 다시 돌아와야 하는데 잠도 오고 힘들지 않겠나. 같이 가자.

택시는 120Km를 넘나들며 달린다. 도의 경계를 넘자

비는 내리지 않는다.

- 뭐 좀 먹을까?

붕어빵 집 여자가 간이 휴게소 표지판이 보이자 여자를 돌아본다. 여자는 고개를 저으며 등받이에 등을 기댄다. 온몸이 아프다. 눈을 감는다. 아이들을 데리고 왔어야 한다고 생각하면서도 시어머니가 학교에는 보낼 거라고 위안한다.

남편의 일은 늘 풀리지 않았다. 그가 되지 않을 일만 찾아다녔는지, 그가 했기 때문에 되지 않았는지 알 수 없다. 친구들과의 이런저런 동업, 다단계 사업….

남편은 감당하기 어려운 빚만 안았고, 2년 전부터는 일을 완전히 접었다. 그즈음 여자는 결혼 후 발을 끊게 된 교회에 나가기 시작했다. 새벽 예배에 빠짐없이 나가서 행복한 가정을 갈구하는 기도를 올렸다. 어렸을 때부터 신도가 된 막내 여동생이 떠올랐다. 여자는 무조건 "죄를 용서해 주시고 잘살게 해 달라."고 했다. 그러다가 카드 회사에서 빌린 돈으로 꽃집을 차렸다. 신용카드가 아니었다면, 내 가게 따위는 평생 꿈도 꿀 수 없는 일이었다.

카드로 사업을 시작하고 카드로 생활비를 만들었다. 빚은 늘어 갔지만, 신문과 방송에 정기적으로 실리는 '가구당

빚이 2천이네, 3천이네' 하는 기사는 누구나 빚으로 살아도 되는 세상처럼 느끼게 했다. 신용카드는, 돈 있는 사람만이 잘 먹고 잘사는 것만은 아니라는 것을 가르쳐 주었다.

여자도 그럴듯하게 살아 보고 싶었다. 장미, 프리지아, 국화, 안개꽃, 스타치스와 백합과 카라, 그리고 벤저민, 산세베리아 따위의 나무들과 수많은 난초를 마음껏 진열해 놓았다. 남루한 화분 속에 심긴 아이비 한 뿌리를 가지고 와서 양철 화분을 손짓하며 "분갈이를 해 주세요."라고 말하는 소녀에게 정성을 담아 분갈이를 해 주고, "천 원만 깎아 주세요."라고 말하는 사람들에게는 천 원을 깎아 주며 스스로 만족했다.

택시가 휴게소 주차장으로 들어선다. 붕어빵 집 여자의 남편은 저녁을 못 먹었다고 한다.

- 다른 무슨 일이 있었나?

휴게소 옆 기사식당으로 향하는 남편을 따라갔던 붕어빵 집 여자가 커피를 뽑아 들고 옆자리에 앉으며 넌지시 묻는다.

- 자주 그러나?

다시 붕어빵 집 여자가 묻는다. 무안하지 않도록 뭐라고 대답해야 하지만, 떠오르는 말이 없다.

- 나는 첨 봤네. 많이 놀랐다.

붕어빵 여자는 처음 봤을 것이다. 그 여자가 꽃집 길 건너편에서 붕어빵을 구운 게 11월 초부터니까 두 달쯤 되었다. 카드 정책이 바뀌면서 여자는 1년 가까이 지옥 같은 삶을 살았다. 돌려막기가 막히자 눈이 뒤집힐 것 같았다. 전반적인 불경기라 꽃도 팔리지 않았다.

찬 바람이 불기 시작하자 여자는 꽃가게 앞에서 붕어빵 장사를 겸했다. 어묵도 삶았다. 하지만 두 달 전부터 빚쟁이들이 문지방이 닳도록 들락거렸다. 제대로 장사를 할 수가 없었다. 안내문을 붙이자 곧 주인이 나타났는데 바로 이 여자이다.

- 저 사람도 가끔 발작하는데, 살림은 안 부수고 나만 패.

붕어빵 집 여자가 기사 식당 쪽을 눈짓하며 설핏 웃는다. 여자도 따라 웃는다. 남자가 수없이 세간을 부수고 유리창을 깼지만, 그동안 안 살겠다는 생각은 해 보지 않았다. 친정에 가기 위해 집을 나선 적도 없었다. 고무대야 가득 유리를 쓸어 담고 부서진 가구를 갖다 버리면서도, 재활용 가구나 가전제품을 찾아 다시 여기저기를 기웃거리며 살았다. 하지만 이젠 남은 게 없다.

집은 쉽게 찾았다.

아버지는 파자마 차림으로 문을 열어준다.

- 아버지, 돈이 없어서요. 택시비 좀….

아버지는 안방으로 들어가 바지 주머니 여기저기에 손을 넣어본다.

- 이게 다.

만 원짜리 세 장이다.

- 아버지, 카드를 빌려 주시면 제가 현금을 인출할게요.

- 카드? 나는 카드 같은 건 가져 본 일이 없다.

붕어빵 집 여자의 남편은 사납금만 해도 20만 원이라고 한다. 어떻게든 하루 이틀 안에 송금하겠다고 말하고 여자는 그들을 배웅한다. 아버지는 "무슨 일이냐?"고 묻지 않는다.

- 자거라. 엄마는 수아네 집에 갔다. 며칠 걸릴 거다.

늘 그랬다. 아버지는 무얼 묻는 일도, 무얼 명령하는 일도 없다. 아버지는 아무 말도 없이 밖으로 나간다. 여자는 거실 바닥에 펴진 옥 매트의 전원을 올리고 몸을 뉜다. 매트 위에 덮어놓았던 이불 속에서 엄마의 냄새가 난다. 한 번도 따뜻하게 안겨 본 기억이 없는 서럽고 아득한 냄새다. 거실 벽에 수아의 학사모를 쓴 사진이 걸려 있다. 이런저런 가족사진 속에 여자의 얼굴은 없다.

아버지가 들어오셨는지 문 닫는 소리, 변기 물 내리는 소리가 들린다. 그러나 여자는 몸을 일으킬 수가 없다. 반쯤이라도 몸을 일으킨다면 비명 때문에 아버지가 놀랄 것 같다. 여자는 입으로 새어 나오려는 신음을 삼키며 자는 척 누워 있다. 아버지가 여자의 머리맡에 잠시 머무는 것 같다. 아버지의 한숨 소리가 들린다. 여자는 돌아눕지 못한 채 그대로 누워 양미간을 좁힌다. 아버지는 울음을 참는 딸의 얼굴을 보았을 것이다.

현관문 열리는 소리가 들린다. 아버지가 출근하는 것 같다. 여자는 몸을 일으키다가 문득, 아버지가 폭력을 쓰는 모습을 본 적이 없다는 생각이 든다. 엄마가 동생들을 때린 적도 없을 것이다. 나는 맞아도 되는 사람으로 태어났나. 여자는 피식 웃으며 그런 생각을 해 본다.

머리맡에는 봉투 하나가 놓여 있다. 아파트 경비원인 아버지 한 달 치 월급이 이 정도일 것 같다. 서서 베란다로 나가 본다. 저만큼, 아버지가 낡은 승용차에 오르는 모습이 보인다. 여자는 베란다 문 앞에 다시 앉은 채 일을 나가는 아버지를 바라본다. 환갑이 훨씬 넘은 나이에도 당연하다는 듯 일을 하는 남편을 둔 엄마가, 여자로서 부럽다.

여자도 엄마처럼, 남편에게 때때로 구시렁대며 잔소리

도 하고, 다 자란 아이들의 부실한 먹거리를 봐주기 위해 고속버스를 타는 노년을 맞고 싶다. 서둘러 퇴근한 아들이 고속버스로 실어 온 김치 한 접시에 밥 한 그릇을 비우는 동안 때 찌든 싱크대를 닦아 주며, "나는 무슨 놈의 팔자가 오나가나 뒤치다꺼리나 하며 살아야 하느냐."며 투정도 부려 보고 싶다. "늙은 엄마 버스 타고 오르내리게 하지 말고 하루빨리 장가를 가라."고 하면 피식 웃으며 뒤통수를 긁는 아들의 모습을 느긋하게 바라보고 싶다.

여자는 문갑 위에 놓인 전화기를 끌어당긴다.

- 들어올 때 봤는데 불이 없더라. 안에 사람이 있는지 없는지도 모르겠고. 유리는 안 치우고, 그대로야.

- 아이들은 안 보이던가요?

- 아니, 못 봤어.

살기 힘든 건 모두 마찬가지다. 여자는 은행에 가서 붕어빵 집 여자의 계좌로 택시비를 송금한다. 그리고 난방이 지나치다 싶을 만큼 따뜻한 은행 건물 안에 잠시 머문다. 업무로 바쁜, 평생 돈을 빌리러 다니는 일 따위는 겪지 않을 것 같은 반듯한 용모의 사람들 모습을 아득하게 바라본다. 동생들도 저런 모습으로 살 거라고 생각하면 마음 한 구석이 뿌듯해진다.

언제나 터미널의 냄새는 불안을 돋운다. 여자는 버스를 탄다. 그 옛날 서로 손을 꼭 잡고 외가댁에 함께 갔던 동생을 떠올린다. 여자의 모습 앞에서 동생은 프라이팬에 얻어맞던 그 날처럼 또 한 번 발작하겠지만, 다시 손을 잡아 줄 것 같다.

마치 일어날 일이 일어난 것처럼, 언니는 감정의 동요도 없이 그 이야기를 하고, 나도 반응을 보이지 않은 채 들었다.

- 이제 자자.
- 그래 자.

최후진술을 마친 피의자처럼 언니는 눈을 감았다. 이런 시간을 다시 겪지 않기 위해 나는 가장 안전한 곳으로 대피했지만, 나 혼자만 대피한다고 끝나는 건 아니라는 사실을 깨달아야 했다. 언니는 일주일 뒤 아무 말도 없이 평안의 집을 나갔다. 담당 직원은 아마 살던 곳으로 돌아갔을 거라고 말했다. 아이들 학업 때문에 돌아간다는 말 이외에는 아무 말도 남기지 않았다. 모든 전화가 정지되기도 했지만, 나도 연락을 해 볼 마음은 없었다.

잔치가 회식

스마트폰 벨이 울린다. 사회생활도 하지 않고 주로 혼자 노는 나로서는 이런 순간에 매번 허둥거린다. 가슴이 두근 거릴 때도 있다. 조심스럽게 전화를 받는다. 수도 검침하 러 온 사람이다. 나는 마당으로 나가서 수돗가에 있는 계 량기 뚜껑을 열고 스마트폰으로 계량기에 표시된 숫자를 찍는다. 사진을 방금 온 전화번호로 보내자 대문 밖에 서 있던 검침원이 고맙다는 표시로 인사를 하고 바로 돌아간 다. 나는 곧 통화 기록을 삭제한다.

다시 전화가 온다. '무슨 일이지?'라고 생각하는 사이 전화가 끊긴다. 수아와 통화한 지가 언제인지 모르겠다. 약간 의아해하면서도 한편으로는 짐작되는 게 있긴 하다. 올해가 엄마 칠순이다. 문자가 들어온다.

<언니, 나 수아야. 통화해도 될까?>

나는 메시지를 해석하지 못하는 것처럼 계속 보며 생각에 잠긴다. 서로 일기를 훔쳐 보며 말하지 않은 속마음까지 읽으며 자랐다. 어쩌면 서로 몰래 일기를 읽는다는 걸 의식하며 자기 연민에 찬 글을 썼는지도 모른다. '내 마음이 이러니까 좀 봐줄 수 없겠니?' 하는 심정으로 말이다.

이제는 휴대하고 있는 개인용 기기를 이용해 SNS라는 이름으로 자기를 표현한다. 진짜 자기 모습을 보여 주는 게 아니라 보여주고 싶은 부분만 보여주며 서로를 받드는 연대가 시작되었다. 그곳은 훈련된 사람들만이 버틸 수 있는 공간이다. 어릴 때부터 그런 삶을 잘 살아온 수아가 연락할 때는 사람이 아니라 상황이 기준이다. 수아의 연락이 유용한 이유이다.

－ 정말 오랜만이지. 언니, 뭐 해?

－ 그냥 있었어.

－ 언니도 이제는 자잘한 재미를 누리면서 살아. 내가 언니라면 골프도 배우고, 명품 쇼핑도 하고, 해외여행도 하

고, 뭐 그럴 거 같아. 돈만 있으면 즐겁게 살 수 있는 세상이잖아.

- 그 맛을 아는 사람에게나 즐거운 거지. 난 지금이 좋아.

- 보고 싶은 사람도 없지?

- 용건이나 말해.

- 앞으로 우리 자매끼리는 한 번씩 보고 사는 거 어때?

- 어디 아픈 건 아니지?

- 아프긴. 우리도 이제 쉰 언저리인데, 언제 어떻게 될지 모르잖아.

- 그래도 어쩔 수 없는 일이지. 그냥 각자 알아서 죽어야지 뭐.

- 언니. 치매 오면 그런 성격 그대로 나온다더라. 동료 선생님들 말로는 치매 걸린 부모님들 보면 다 나온대.

- 나오다니?

- 나이 먹어서 고약한 사람은 젊어서도 고약했고, 결이 고운 사람들은 젊어서도 그랬대.

- 그렇겠지.

- 평소에는 자기가 자길 위장할 수 있잖아? 말재주도 부리고 여기저기 착한 척하는 이미지를 만들 수 있지만, 치매 오면 다 들통나니까. 세상은 공평하지 않아?

- 자기가 모르는 자기 모습이니까 그건 좀 무섭긴 하다.

- 그러니까 좋은 일 많이 하고 착하게 살아야 해.

- 그래야지.

내 짐작대로 엄마의 칠순을 염두에 두고 전화한 것 같아서 나는 그렇게 대답한다.

- 언니. 다른 집도 서로 안 보고 살다가도 칠순에는 다 모인대.

- 자기 자식들 의식하는 거겠지.

- 그게 사는 거고, 사람인 거야. 정아 언니에게도 내가 전화해 볼게.

그동안 내게 한 번도 왜 부모를 자주 찾아가지 않느냐고 말한 적 없는 수아였다. 아버지처럼, 내게 '왜?'라고 물은 적 없이 상황을 받아들이고 그 상황에서 자신이 할 역할만 했다.

내 외출용 소지품은 책 한 권과 선글라스, 신용카드, 그리고 생수 한 병이 든 크로스백이다. 이것으로 나는 모든 것을 갖춘 듯한 편안함을 느낀다. 누군가를 만남으로써 그 편안함이 깨지는 걸 원하지 않는다.

"왜 아이를 낳지 않느냐? 왜 봉사활동을 하러 다니지 않느냐? 왜 명절에 집에 있느냐?" 누군가를 만나서 그런 추궁을 받을 수도 있다고 생각하면 가슴이 답답해져서 신경 안정제를 챙기기도 한다.

책은 애완견을 데리고 산책하는 것과 같은지도 모른다. 책의 세계는 그냥 그대로 그 안에서 존재한다. 나는 그곳에 들어가 그 안의 존재가 되며, 친구가 되기를 희망하고, 때로는 괜찮은 친구를 만나기도 한다.

책을 읽고 매일 바닷가 산책로를 6km 정도 걷는 건 나의 중요한 일상이다. 오늘은 '씨이(sea)' 리조트 내 피부 관리실에 예약이 되어 있다. 잔잔한 음악이 흐르는 피부 관리실에 들어가면 가운으로 갈아입고 포트에 준비된 허브 차 한 잔을 마신다. 그리고 온도가 적당한 전기매트가 깔린 침대에 엎드려 등 마사지부터 받는다. 등에 이어 발, 그리고 얼굴 마사지를 받고, 마지막 순서인 마스크 팩을 얼굴에 붙이고 나면 언제나 깊이 잠이 든다. 마사지로 풀어준 몸의 세포들이 쉬는 것이다. 가벼워진 몸으로 피부 관리실을 나온다. 오랜만에 만나는 수아에게 최상의 모습을 보여주고 싶다.

리조트 내 레스토랑 '동백'에 자리를 잡는다. 비탈진 잔디밭 위에 심긴 동백나무 뒤로 펼쳐지는 바다가 보이는 전망이 위치다. 동백나무에는 빨간 꽃봉오리가 이제 막 올라 앉았다. 수아가 오기를 기다리며 나는 책을 읽는다. 수아는 정아 언니와 통화를 했다고 하며 우선 우리 둘이 만나길 원했다.

청바지 위에 적벽돌 색 순모 티셔츠, 그리고 초록색 롱코트 차림이 세련되어 보이는 수아가 회전문 안으로 들어선다. 군살은 붙지 않았고 오히려 마른 편이다.

- 예쁘네.

- 괜찮아?

- 활력도 느껴지고 분위기 있어.

매일 어디론가 나가서 더불어 사는 삶만으로도 관리 받는 인생일 것이다. 수아는 작년에 교장이 되었다. 가족 중에 누구 하나라도 잘되고 그 자양분을 나눈다면 가능하지 않을 것 같은 일도 가능할 수 있게 된다.

- 언니도 피부 좋네.

나는 웃기만 한다. 전체적으로 잘 관리된 분위기의 직원이 단정한 복장으로 다가오자 나는 겨울철 특별메뉴인 만둣국을 주문한다. 수아도 같은 것으로 한다.

- 근데, 지금도 언니는 책을 읽네. 쓰기도 하나?

테이블 귀퉁이로 밀어 놓은 책을 보며 수아가 묻는다.

- 그냥 읽어. 쓰지는 않아.

- 학교 다닐 때는 좀 날렸었잖아. 집에 아직도 언니가 썼던 습작 노트, 무슨 상장 같은 거 남아 있어.

- 놀 줄 모르니까 책상에 앉아 뭘 끼적거린 거지.

- 그게 경지에 오르면 예술이 되는 거야.

- 실없는 소리 그만해라.

수아가 웃기 시작한다.

- 엄마는 요즘 그 말 안 써.

- 대상이 옆에 없으니까 쓸 일이 없어졌겠지.

- 그건 그러네. 참, 엄마도 뭘 쓰고 있더라. 집에 가서 엄마 없을 때 살금살금 읽어 보는데 거기 우리 집 역사가 다 나와.

- 네가 그걸 보고 있는 거 엄마가 알면 안 되잖아. 없어지기 전에 기록물로 보존해.

- 엄마가 이미 아는데, 신경 안 쓰는 눈치야.

- 예전엔 내가 집에 주로 있었잖아. 그때는 숨겼었는데, 이상하네.

- 그건 언니였기 때문에 그런 거야. 언니가 엄마에 대해 많은 걸 알고 있어서인지, 엄마는 언니를 두려워하는 거 같아.

- 정아 언니와는 좀 다른 거네?

- 처음부터 너무 감정이입 하며 엄마를 받아줄 필요는 없었던 거야. 그런 관계에서는 끝이 좋을 수가 없거든.

- 나는 네가 아니야.

- 물론 내가 사는 방식은 약한 사람들에게 관심과 사랑을 구걸하기 보다는 밖으로 나가는 거였지만, 내 오류는 또 바깥을 너무 믿었다는 거. 가끔 나를 향해 웃는 소리가 들리기도 해. 그럴 때마다 나는 더 크게, 미친 듯이 웃어 버려서 그 웃음소리를 지워 버리지. 그럼 뭐 어쩌라고 하면서. 이렇게.

수아의 돌발적인 웃음소리에 동백 안의 손님들이 놀라서 쳐다본다.

- 그래도 넌 사회 안에서 성공했잖아.

- 어떻게 보면 그 근성의 원뿌리는 디아스포라인 부모님이지. 그런 의미에서 엄마가 쓴 일기 중에서 가장 자식들 욕을 심하게 쓴 거 베껴서 그날 축시로 읽을 생각이야. 서사 잇기. 인생 스토리텔링.

- 좋아.

우리 앞에 두 그릇의 만둣국이 놓인다. 우리는 다섯 개씩 든 만두를 개인 접시에 하나씩 올려 천천히 먹는다. 만두피가 얇고 속이 꽉 차면서 담백한 맛의 만둣국이다.

- 엄마가 진짜 만두랑 칼국수 많이 했는데… 그치?

아버지 월급 타는 날이면 엄마는 쌀 한 가마니, 밀가루 한 포를 샀다. 가진 재산은 없어도 음식 만드는 손이 큰 엄마 덕분에 밀가루 음식은 맘껏 먹었다. 홍두깨로 반죽을 밀어서 국수를 만들고, 만두피를 만들었다. 비 오는 날 마당에 들어서면 어김없이 기름 냄새가 났고, 부뚜막 위 쟁반에는 부침개가 수북했다.

- 지난 얘기 하는 거 보면 너도 나이 먹는 거야.

- 맞아. 사실은 나도 나이가 들면서 부쩍 엄마랑 무슨 연관을 자꾸 짓게 돼.

- 김치 만두 먹고 싶다. 엄마는 이제 만두 안 하나?

- 가끔 하지. 그런데 이젠 만두를 만들어서 나에게 팔아.

- 팔아? 정말 귀엽네.

- 가끔, 생만두 얼렸다고 전화해. 택배 보낸다고.

- 이젠 네가 엄마를 받아주고 있네.

- 나야 마음의 방어선을 두고 받아주지. 그런 의미에서 언니도 이번에 눈 딱 감고 한번 참여해. 내가 오면서 생각해 봤는데, 횟집에서 엄마 칠순 잔치를 1박 2일로 하는 게 어때?

- 엄마가 하자고 할까?

내가 그렇게 물은 건 아버지 칠순 때가 생각났기 때문이다. 아버지는 평소 떠나온 고향을 그리워했다. 학교도 다니지 못한 채 농사를 지으며 동고동락한 혈육들을 자식보다 더 애틋하게 생각했다. 당신의 칠순 때 아버지 형제와 조카들까지 함께하길 원했지만, 성사되지 못했다. 큰아버지는 요양원에 계시고 고모는 이미 돌아가신 뒤였다. 아버지에게 남아 있는 2세대 혈육들을 한자리에 모이게 할 만큼의 영향력은 없었다.

- 아버지 칠순 때, 축하금 좀 드리고 끝내니까 허무하더라. 이번에는 다 모여서 회도 먹고, 엄마가 좋아하는 노래방 가면 좋잖아?

- 그게 어디 칠순 잔치냐? 회식이지.

- 잔치가 회식이고, 회식이 잔치지 뭐.

- 엄마는 요즘도 노래 부르나?

- 노래 교실에서 친목도 나누고 그러나 봐.

노래를 부르고 춤을 추며 어울려야 진짜 사는 거다. 엄마가 그렇게 산다면 다행이다. 모두가 불행하다면 불행에서 빠져나올 가능성은 희박하니까, 각자 행복한 게 서로를 위하는 길이다.

- 정아 언니도 오는 거지?

나는 언니가 어떤 모습으로 나타날지 궁금하다.

- 송아 언니나 만나서 잘 설득하라고 해서 오늘 만나자
고 한 거야.

- 그래.

✳

수아에게 메일이 왔다. 식사 장소가 횟집이 아니라 수아
와 내가 점심을 먹었던 리조트 내 레스토랑 동백으로 변경
되었다. 메뉴는 안심 스테이크에 와인이다. 아이들을 위한
배려와 편의성, 분위기를 고려했다고 한다.

박옥금 여사 칠순 축하 가족 모임 계획서

하나. 왜, 모이나

어머니의 일흔 번째 생신을 맞이하여 온 가족이 함께 축하하
는 자리를 갖는다. 자식들이 모두 흩어져 있어 한자리에 모이
기 어려워 가족 간의 사랑과 정을 나누는 기회가 많지 않았다.

아버지 칠순 때도 아쉬운 점이 없지 않았다. 따라서 이번 어머니 칠순 생신을 맞이하여 부모 형제간의 따뜻한 사랑도 나누고 지금까지 올곧고 훌륭하게 살아오신 두 분 부모님을 존경하는 마음으로 작은 정성을 함께 모으는 자리이다.

둘. 누가, 오나

- 주인공 : 어머니 박옥금, 아버지 황덕준
- 축하해 주는 사람: 두 분의 3녀와 그들이 꾸린 가족들

셋. 어디서 하나

- 둘째 딸이 사는 바닷가, 씨이 리조트 내 레스토랑 동백

넷. 어떻게, 하나

<첫째 날>

17:00~18:00 (만남의 자리) 씨이 리조트 야외 벤치
18:00~20:00 (저녁 식사) 리조트 내 레스토랑 동백 단체석
             메뉴 : 안심 스테이크, 와인
20:00~23:00 (어울 마당) 리조트 지하 노래방
             부모님 노래도 들어 보고 참가자 모두가 함께

어우러져 노래와 춤으로 흥겨움에 취해요.

<둘째 날 : 단체복 착용>

07:00~08:00   (끼리끼리 마당) 몸 깨우기, 바닷가 산책, 추억
               만들기(사진 찍기)
               부부끼리, 제 식구들끼리.
08:00~09:00   (아침 식사) 근처 식당 '연두 횟집'
               메뉴 : 미역국이 곁들여져 나오는 물회
09:00~11:30   호숫가에서 가족 자전거 타기
12:00~13:30   (점심 식사) 근처 식당 '농가'
               메뉴 : 메밀전과 막국수
14:00   집으로

· 진행 : 원하시는 분(또는 적임자 추천 바람)
· 오프닝 연주 : 3녀 수아의 자녀 이미래, 이한조(엘가의 '사
  랑의 인사')
· 케이크 자르고 촛불 끄기 : 부모님
· 선물 증정 : 아이들이 준비한 작은 선물(만 원 이하 권장)
· 금일봉 전달 (500만 원)
· 축하 메시지 낭독 : 3녀 황수아

다섯. 각자의 역할은

- 대표총괄 : 황정아
- 행사계획 : 황수아
- 계획서 작성 및 전달 : 황수아
- 장소 섭외 및 예약 : 황송아
- 사진, 캠코더 촬영: 셋째 사위

여섯. 준비물은

- 열린 마음, 따뜻한 가슴을 위한 따뜻한 옷차림, 가벼운 발 걸음
- 참가비 : 가구당 300만 원(총액 : 900만 원)
  - 500만 원은 부모님 축의금, 나머지는 행사 진행비, 기념품 제작비
  - 뜻한 바가 있어 축의금을 더 내고자 하시는 분은 열렬히, 적극적으로 환영

일곱. 기념품

- 가족 맨투맨 티 제작 : 사이즈는 어른용과 아이용 2종, 기모 가 든 파란색으로 통일
  - 도안과 문구 아이디어를 받습니다(예: "덕준, 옥금 사랑해 요!", "행복이 솟는 가족, 사랑이 뜨는 가정").

여덟. 협조 요청

- 티셔츠 문구와 도안에 좋은 의견 있으신 분은 연락 바람.
  - 채택된 분에겐 '어머니가 만든 추억의 손만두' 택배 발송 예정(황수아 개인 부담)
- 추가하고 싶은 더 좋은 내용이 있으면 황수아에게 연락 바람.
- 매끄러운 행사 진행을 위해 참가비는 행사일 3일 전까지 입금 요망

☞ 덤으로 읽는 이야기 하나

일이 여기꺼정 오게 된 과정임. 올해 어머니의 칠순 생신을 맞이하여 각자 나름 꽤나 신경들 쓰셨지요? 겉으로는 내색들 안 하셨지만서두 첫째는 첫째대로 둘째, 셋째는 또 그대로 마음이 울매나 쓰였겠습니까? 또 먼 데 사는 기나 가까이 사는 기나 마음은 매한가지 아니었나 싶어요. 이래 함 해 보까, 저래 해야 되나, 남들은 우뜨케 하드나 들어도 보고 부모님이 원하는 기 대체 뭐이란 말인가? 심중을 헤아려도 보고 말로도 떠 보고… 우예됐든 고민들 하신 걸루다 알고 있습니다.

사람은 언제나 무엇을 추진하는 데는 용기가 필요한가 봅디다. 고마 딴 얘기 다 치와뿔고 갤론적으로다가 오늘 저녁(12월 23일 밤 9시)에 셋째딸 수아가 부모님을 찾아뵙고 이 계획안을 발표했슴. 물론 기밀사항은 빼고 말씀드랬지요. 아부지, 엄

마 모두 흡족해하셨습니다. 이 안을 흔쾌히 받아들이겠다꼬, 그저 자식들이 이래 해주는대로 우린 할란다꼬(자세한 내막을 알고 싶으신 분은 따로 전화 주세요).

부모님 승낙이 떨어진 관계로 준비위를 가동하여 이 행사를 일사천리로 진행할라꼬 합니다. 여러분의 적극적인 참여와 협조를 부탁드리매 이 글을 마칩니다. 만날 때 꺼정 건강하고 행복한 가정 꾸리며 살아 주이소.

나는 문득 생각한다. 수아가 우리 집 장녀였다면 어땠을까.

*

직행버스에서 내린 여인이 양손에 짐을 들고 걸어온다. 언니는 이제 뚱뚱한 초로의 여인이 되어 있다. 나름 옷매무새를 갖추고는 있지만, 고생한 흔적이 절고 있는 한쪽 다리에 남아 있다. 언젠가 무릎 연골을 수술하게 되었다는 소식을 전해 들은 적이 있다.

- 야. 우리가 엄마 덕분에 이렇게도 만나기도 하는구나.

이럴 때 보면 언니는 여전히 속없는 여자다.

- 뭘 그렇게 바리바리 들고 와?

나는 언니의 보따리를 받으며 묻는다.

- 튀김이랑 부침개, 그리고 다시마랑 명이나물 장아찌 좀 챙겨 왔어. 너 이런 음식 안 하잖아?

- 누가 들으면 내 칠순인 줄 알겠네.

- 음식을 해서 식구들 먹이고 그렇게 살아야 여자다.

- 여자면 뭐?

- 너는 바깥에 나가는 거보다는 집안일 하는 거 좋아했잖아?

- 집안일은 지금도 좋아하지. 내 차 저기 있어.

나는 주차장을 향해 앞서 걷는다.

- 나만 혼자 오나?

언니는 며칠 전에 내게 전화해서 아들은 군대에 가 있고, 남편은 화훼 농원을 운영하기 때문에 하루도 자리를 비울 수가 없다고 했다.

- 나도 혼자야.

- 그래. 그 말 들으니 위로가 좀 되네.

언니가 또 해죽이 웃는다.

- 다들 와 있겠지?

- 응. 수아네랑 엄마는 도착했대.

- 수아가 있어 다행이야.

- 교육 받아서, 사는 법을 아니까, 이럴 때 우리는 그냥 따라가기만 하면 돼.

- 그래. 인간에게 환경은 중요한 거야.

- 환경이 아니고 교육이라고 했어.

- 교육이 환경이지.

리조트 단지 안으로 들어오면서 얼핏 보니, 수아네 가족과 엄마가 야외 벤치에 앉아 있다. 언니와 나는 차에서 내려 벤치 쪽으로 향한다. 엄마는 언니와 나를 낯선 사람 보듯 물끄러미 바라보기만 한다. 엄마의 등은 여전히 곧고, 입가에는 힘이 들어가 있다. 날카로운 콧날과 갸름한 얼굴도 아직 팽팽하다. 어릴 때부터 산을 많이 타서인지 나이 들어도 전체적으로 단단한 인상이다.

- 왔나?

아버지는 엄마와는 조금 떨어진 다른 벤치에 앉아 있다. 일흔 중반인 아버지는 완연한 노인이 되어 있다. 희미하게 웃고 있는 아버지에게로 다가가는 동안 실없이 또 눈물이 나려고 한다.

- 네, 아버지. 잘 지내셨어요?

- 그래.

나는 아버지가 건네는 손을 잡고 아버지 옆에 앉는다. 아버지는 여전히 자식들에게 전화 같은 건 하지 않는다. 젊을 때는 회사, 퇴직 후에는 아파트 경비원, 이제는 노인 회관에서 시간을 보내다가 해가 지면 집으로 오는 것 같다.

- 각자 제 밥 제가 먹으며 사는 것도 좋지만, 이렇게 얼굴 보니 좋구나.

내 뒤를 따라온 언니는 그저 아버지 앞에 우두커니 서있다. 아버지도 말없이 언니를 바라보기만 한다. 언뜻 눈가에 이슬이 맺힌 듯도 하다. 저 멀리 바다 쪽에 노을이 진다.

- 객실로 올라가서 짐 풀고 식당으로 가면 돼요.

가족과 함께 객실에 짐을 풀고 온 수아가 인솔자 역할을 한다. 예약한 펜트하우스는 더블, 트윈, 온돌, 욕실 셋, 주방, 거실의 구조다.

- 어머니. 이런 데 처음이시죠?

엄마 손을 잡고 객실로 온 수아의 남편이 거실 한 가운데 서서 묻는다.

- 뭐 지금은 배도 아프고 입맛도 없다만, 경치는 좋구나.

우리는 모두 웃지만, 수아의 부축을 받으며 들어온 아버지가 현관에서 한마디 한다.

- 고맙다는 말은 평생, 죽어도 안 하지?

평소 아버지답지 않게 날을 세운다. 나이를 먹으면 남자가 여자보다 더 외롭다고 하지만, 나는 아버지가 외롭지 않기를 바란다.

- 아버지. 사랑싸움은 집에 가서 두 분이 계실 때 하세요.

수아가 부축하고 있던 아버지의 팔을 약간 흔들며 나선다.

더블 침대는 부모님, 온돌은 세 자매, 트윈은 수아네 딸, 거실에서는 수아의 남편이 아들과 자기로 한다.

레스토랑 동백에는 몇몇 예약석이 세팅되어 있다. 우리가 예약한 20인 단체 좌석은 안쪽 별실이다. 세팅된 탁자 위에는 3단 떡 케이크와 70송이의 노란 장미가 꽂힌 푸른색 둥근 화병이 놓여 있다. 화병에 담긴 꽃 장식이 꽃바구니나 꽃다발보다 안정감을 준다는 언니의 아이디어로 준비된 것이다.

수아가 자연스럽게 사회를 본다. 프린트 해 온 계획서를 보며 '덤으로 읽는 이야기 하나, 일이 여기꺼정 오게 된 과정'을 요약해 읽는다.

오프닝 곡은 수아의 아들과 딸이 연주하는 바이올린 곡

엘가의 '사랑의 인사'다. 노란 장미를 미리 요청했던 것처럼 리조트 측에 연주에 대해서도 사전에 양해를 구했다. 아버지의 눈가가 젖고 언니가 훌쩍거리기 시작한다. 언뜻 비친 아버지의 눈에 맺힌 이슬, 나는 오늘 주인공인 엄마에게 축하의 말을 하는 대신 실없이 자꾸 아버지를 보게 된다.

아버지와 엄마가 함께 케이크를 자른다. 다른 예약 좌석에 피해가 될까 봐 열어 두었던 룸 문을 내가 닫으려고 하자 직원이 다가온다. 직원은 룸 밖에서 식사하는 손님들의 요청이라고 하며 그냥 두면 어떻겠냐고 한다. 부분적이긴 하지만, 엉겁결에 엄마의 칠순 잔치는 얼굴도 모르는 관객들 앞에서 작은 공연이 된다. 수아의 남편은 이런 상황을 놓칠세라 열심히 돌아다니며 구도를 잡아 영상을 촬영한다.

언니가 자녀 대표로 축하금이 든 통장을 전달하는 순간까지도 엄마는 쌍꺼풀진 눈을 아래로 내리 깐 채 입술을 조그맣게 만들고는 한 번도 웃지 않는다. 엄마가 마치 삐친 아이처럼 보여서 나는 웃음이 나려고 한다. 하지만 괜히 웃었다가는 무슨 일이 벌어질지 모른다는 생각에 꾹 참는다. 노래 교실에서의 엄마는 어떤 모습일지 궁금해진다.

수아가 축하 메시지를 겸하여 시를 읽는다.

내 친구는 소

어린 시절 내 친구는 소
아침부터 저녁까지
떨어지지 않는 다정한 친구
날마다 들에 나가
소먹이 풀을 베고 많이 울었다.

소야 너는 좋겠다, 말을 못 하니
글을 몰라도 되니
차라리 나도 소가 되고 싶었다.

70년 소처럼 살아온 나
이제 멍에를 벗고 어린 시절 소처럼 맘껏
배움의 들판에서 꿈을 뜯는다.
그런데 눈이 어두워서 못 뜯겠다.
어느 그 눈빛이 따사로운 햇살처럼 바라보는
그 마음이 그립기만 하다.

- 뭐냐?

엄마가 갑자기 정신이 돌아온 사람처럼 화들짝 놀라는 척하며 묻는다.

- 시요. 시인 박옥금 님의 시입니다.

수아가 능청스럽게 대답한다. 오래전 내가 본 것에서 70이라는 말부터 이어 고쳐 쓴 것 같은 이 시에 수아도 꽂혔나 보다. '엄마가 쓴 일기 중에서 가장 자식들 욕을 심하게 쓴' 거라는 말은 연막이었다.

- 시러븐 짓들 하네.

언니와 내가 폭소를 터트린다.

- 엄마, 엄마 자식들이 다 실없어서 지금 이렇게 앉아 있는 거야. 엄마처럼 철저하면 절대 이런 자리 안 만들어져. 말 나온 김에 엄마 일기장 모아서 책 냅시다.

수아가 강도를 높여 엄마를 놀린다. 엄마의 얼굴에 설핏 웃음기가 떠올랐다가 빠르게 사라진다.

- 책은 무슨 책? 내가 거기에 너네들 욕을 얼마나 많이 썼는데?

- 욕은 빼고 아름다운 시만 모아서 내면 돼. 그래서 엄마가 아는 사람들한테 한 권씩 돌리란 말이야.

- 내 핑계로 모처럼 모였으면 좋은 얘기나 하고 끝내라.

무대에 오르는 가수들을 부러워했던 엄마가 잘라 말하는 게 의외다.

- 김장 김치 하면 한 포기씩 돌리는 것처럼 책도 나눠 주면 엄마를 더 좋아할 텐데, 왜 그래요?

언니가 약간은 장난처럼, 또 어떻게 들으면 뼈가 있는 말을 한다. 언니도 나이라는 내공이 있어서인지 이런 태도는 뜻밖이다. 아직 엄마와는 한 마디 인사도 주고받지 않았는데 개의치 않는 것 같다. 엄마는 언니를 잠깐 쳐다본 후, 길게 한숨을 쉬더니 우리를 차례로 둘러본다.

- 내 못나서 한풀이 쓴 얘길 왜 남에게 또 읽으라고 해야 하나. 김치는 그 사람들한테 이롭지만, 자랑이든 허물이든 내 얘기 읽어 보라 하면 누가 좋아하겠나? 내가 이미지도 아닌데….

- 별로 한 것도 없는 부모에게 이런 자리를 마련해 줘서 고맙다.

늘 말수가 적고 반응이 느려 엄마에게 주도권을 빼앗기는 아버지로서는 이례적이다. 엄마는 아버지를 돌아보며 무슨 말을 하려다가 입을 다문다. 아버지는 포도주잔을 들고 한 모금 마신 다음, 눈을 감고 아무 말도 하지 않는다. 그것으로 오늘 이 자리에서 할 말은 마쳤다는 표정이다.

조카들은 케이크를 먹으며 저희끼리 장난을 친다. 남매를 돌아보는 수아의 눈에는 뿌듯함이 가득하다.

엄마는 아버지에게 말을 잘린 이후로는 내내 별다른 말을 하지 않는다. 돌이켜 보면, 엄마는 비밀이 많았다. 어쩌면 극도의 불안으로 다 말하지 않고 사는지도 모른다. 비밀 일기를 쓰고, 딸들 공부보다는 자신의 노후가 더 걱정되어 적은 생활비를 쪼개어 돈을 모아 집 한 칸을 산 사람이다. 우리가 모르는 비밀이 더 있을지도 모른다. 엄마는 언니와 나에게 실없는 것들이라고도 했지만 순진하다는 말도 가끔 했다. 걱정하는 말 같기도 했고, 욕이나 무시하는 말처럼 들리기도 했다.

계획서는 계획서일 뿐이다. 노래방에 가서 엄마 노래를 들어야 할 순서인데, 아버지는 먼저 피곤하다며 객실로 올라가서 쉬겠다고 한다. 평소 소주나 막걸리 정도를 마시던 아버지는 스테이크를 먹고 와인을 마시는 이런 자리가 도무지 불편한 것 같다.

- 아버님, 피곤하시면 노래방은 저희가 어머니 모시고 다녀올게요.

수아 남편이 아버지에게 다가가자 엄마가 특유의 카랑카랑한 목소리로 사양한다.

- 아닐세. 노래방은 노래 교실 사람들하고 가면 되네.

수아 부부와 엄마 아버지가 함께 일어선다.

눈치 빠른 조카들은 게임을 하러 오락실에 가겠다며 밖으로 나간다. 언니도 무릎이 아파 일찍 쉬겠다며 일어선다. 이럴 때는 억지로 오늘의 단란함을 더 연장하려는 사람이 없어 다행이다.

- 그럼, 난 차 한잔 마시고 올라갈게요.

나는 계산서를 들고 카운터로 가서 결재한 후 동백을 나온다. 엘리베이터로 20층 스카이라운지로 올라간다. 루프탑 카페에서 라임 즙을 떨군 테킬라 한 잔을 주문한다. 얼굴에 차가운 바람을 느끼며 심호흡한다. 테킬라 한 모금에 비로소 마음이 편안해진다. 오늘 밤은 이 정도로 끝나는 게 좋은 것 같다. 모두 애썼다고 할 수 있다.

수아는 전화로 동료 교사를 만나러 제부와 함께 나가겠다고 한다. 동료 교사가 제철인 방어회를 차려 놓고 수아 부부를 기다린다는 것이다. 남편도 방어회를 좋아한다. 그는 올해도 누군가와 크기가 큰 방어회를 부위별로 골라 맘껏 먹을 것이다. 그와 나는 서로의 집안 행사에 참여하지 않는다. 그건 오로지 자신이 선택한 나에 대한 배려다.

나는 별도로 예약해 둔 저층의 스튜디오에서 잠을 잔다.

아무래도 같은 공간에 모두 모여서는 잠이 올 것 같지 않아서다. 객실로 들어온 나는 영화 한 편을 선택하고는 침대에 벌렁 누워 버린다.

날이 밝는다. 객실에서 수아가 치수를 확인하며 단체 맨투맨 티를 나눠 준다. 가슴 쪽에 동백 한 송이와 '덕준, 옥금 사랑해요!'라는 글자가 프린트된 파란색 맨투맨은 수아가 담당했다.

- 아침 식단은 횟집에서 포장해 온 물회와 미역국으로 준비했습니다.

넓은 주방 테이블에 음식이 차려져 있다. 단체복을 입고 둘러앉아 물회를 먹는 모습이 낯설고 어색하다. 수아는 식사 장면을 스마트폰 카메라에 담는다. 수아 부부가 어젯밤 들어와서 잤는지, 아침에 들어오며 물회를 포장해 온 것인지 알 수 없다. 서로 지난밤에 어디서 잤는지 묻지 않는다.

모두 호숫가로 나와 가족 자전거를 탄다. 다행히 낮 기온이 영하로 내려가지 않아서 모두 티셔츠만 입기로 한다. 수아 부부가 아버지와 엄마를 모시고 4인용 자전거를 타고 언니와 내가 수아의 아이들과 한 팀이 된다. 지나가던 사람들이 맨투맨 티를 입은 것을 보고 무슨 모임이냐고 묻는다.

참 신선한 칠순 잔치라고 말하기도 하며 지나간 일정과 나머지 일정에 적극적인 관심을 보이는 사람도 있다. 수아가 가족 대변인이 되어 일일이 답변한다. 나는 아직 엄마와 시선을 맞추고 제대로 된 말 한 마디 나누지 못했다.

자전거로 호수를 한 바퀴를 돈 후, 모두 잔디밭에 모여 앉는다. 수아가 편의점에 가서 과자와 아이스크림을 사 온다. 과자와 아이스크림을 먹으면서 비로소 표정들이 조금씩 편해진다. 주로 수아의 남매를 상대로 주고받는 말들이지만, 부담이 없는 화제로 날씨나 가벼운 뉴스를 언급하듯 대화를 이어간다. 수아의 남편은 캠코더를 들고 계속 움직인다. 이렇게 만들어진 영상과 사진은 우리 스스로가 필요로 한다.

'우리 가족은 누구 하나 빠짐없이 남들에 뒤지지 않은 조건을 갖추었으며, 형제간 우애가 돈독하고, 부모에 효성스러운, 반듯하고 건실한 사람들이다. 나는 그런 집안의 구성원이다.'라는 징표가 삶을 살게 한다. 기념일을 챙기고 참여해야 하는 이유이다.

스파 펜션

크로스백을 메고 바닷가 모래 위를 걷는다. 신발 속에 들어온 모래가 이리저리 쏠리며 돌아다닌다. 나에게는 사람들을 만나고 나면 잠시라도 혼자 산책을 하고 집으로 들어가야 하는 버릇이 있다. 스마트폰 벨 소리가 난다.

- 너 거기 있을 줄 알았어. 여기서 보이네.

- 어디?

언니가 큼지막한 가방을 옆에 끼고 서 있다. 점심 식사 후 모두 헤어졌고, 언니는 내가 터미널까지 태워 주고 왔는데 무슨 일로 여기로 다시 온 걸까.

내가 모래 위를 덤벙덤벙 뛰며 다가가자 눈물이 그렁한 언니가 웃으며 말한다.

- 나, 무릎이 아파 다니는 거 힘든데, 지금 헤어지면 언제 또 만나겠나 싶어서 다시 왔어.

어릴 때 엄마에게 덤비지도 못하고, 돈 벌러 객지에 가지도 못하던, 바로 그 아이의 모습이 보인다. 실없긴. 나도 모르게 속으로 그렇게 말하며 언니에게 묻는다.

- 좀 바쁘다고 하지 않았나?

- 미룬다고 큰일이야 있을까. 수아도 방학이니까 우리 셋이 하룻밤 보내면 좋잖아?

- 수아도 알아?

- 내가 전화했더니 오붓하게 보낼 펜션 알아보겠대. 너, 나랑 먼저 갔다 올 데가 있어.

언니는 시장 골목 금은방에서 금반지 석 돈을 산다.

- 엄마 주려고?

- 여기까지 왔는데 집에 한번 가보고 싶어서.

문득, 쌍꺼풀진 눈을 아래로 내리 깐 채 입술을 조그맣게 만들고 있던 엄마의 얼굴이 떠오른다. 혹시, 언니를 대할 때 그 표정을 내내 풀지 않을까, 나는 또 걱정된다.

외진 어촌 마을에 예약한 펜션 앞에 수아가 바닷바람을 맞고 서 있다. 우리는 금방 도착한 여행객처럼 천연덕스럽게 안으로 들어간다. 실내 가운데 설치된 커다란 욕조가 가장 먼저 눈에 들어오는 스파 펜션이다.

- 야아! 요즘은 이런 데가 대세구나. 너는 내가 욕조 좋아하는 거 어떻게 알고?

언니가 상기된 표정으로 수아를 돌아보며 목소리를 높인다.

- 언니들을 위한 건데 이 정도는 돼야지. 동료 쌤이 추천한 곳인데 여기가 회도 맛있고 좋아.

수아는 자기 공간에서 움직이는 사람처럼 자연스럽게 옷을 걸어놓고 짐을 꺼내 정리한다.

- 그래. 수고했다.

- 짐 풀어 놓고 얼른 나가자. 한잔해야지.

수아는 청바지에 롱코트, 언니는 반코트에 모직 바지, 나는 터들넥에 발목까지 내려오는 울 회색 원피스 위에 패딩 조끼를 입는다. 어제와는 다른, 밤의 여행자들 같다.

바닷가 조그만 횟집에 자리를 잡는다. 해가 짧은 겨울 오후, 바다는 쾌청하고 파도 소리도 충분하다. 나는 문득 쥐치 회가 생각나서 메뉴를 살펴본다. 지금은 우리가 자랄

때처럼 쥐치나 도루묵, 노가리가 흔한 시절이 아니긴 하다. 냉장고도 없는 시절에 쥐치 회를 준비해 놓고 아버지 퇴근을 기다리던 엄마 얘기를 해 보려다가 그만둔다. 세 자매만 만난 자리에서 계속 엄마 얘길 이어 갈 필요는 없을 것 같다.

- 돈 많이 남았으니까 맘껏 먹어. 대게 시킬까?

수아가 메뉴판을 보며 너그럽게 묻는다.

- 아니. 먹기에 번거로우니까 생새우 여기 있네. 새우로 하자.

- 그래.

세 자매끼리 바깥에서 이렇게 만나는 건 처음이다. 언니는 빠르게 소주잔을 비운다. 새우가 나오기 전에 홍합 국물을 떠먹으며 톡, 톡 술을 털어 넣듯 한다. 언니가 소주를 그렇게 잘 마시는지는 또 처음 알았다. 하긴, 어릴 적 모두 헤어졌는데 무엇인들 처음이 아닌 게 있을까 싶다.

- 왜? 나, 이거 없으면 못 살아. 이걸로 버텨.

잠시 침묵이 흐른다. 진통제로 먹는 건 아니길 바란다.

생각해 보면, 언니와 함께 산 시간은 많지 않다.

- 언니들이랑 언젠가는 이런 시간을 한 번은 갖고 싶었어. 서로 가까이 살면서 친정 엄마 모시고 여행도 다니고

그런 동료들 보면 부러웠거든.

- 너도 부러운 게 있구나. 나는 수아라면 다 가져서 부러운 게 없을 줄 알았어.

언니가 신기하다는 듯 수아를 바라본다.

- 언니, 뭐 필요한 거 있으면 지금 말해라. 내가 들어줄게.

수아가 큰 결심을 한 듯 언니에게 말한다. 즉흥적인 것과는 거리가 먼 수아였는데, 연일 파격 행보를 이어간다.

- 노안. 무릎 관절도 안 좋지만, 스마트폰 보는 데 불편하니까 그것부터 해결하고 싶어. 요즘 이거 못 보면 문맹이나 마찬가지잖아.

둘이 미리 말을 맞추기라도 한 것처럼 언니도 즉시 호응한다.

- 계좌 불러 봐.

수아는 스마트폰을 들고 언니를 바라본다. 언니가 계좌 번호를 불러준다.

- 천?

언니가 자동 메시지를 받고 놀란다.

- 어디 아픈 건 아니지?

내가 수아를 쳐다보며 묻는다.

- 기억나? 우리 학교 다닐 때 빵 내줬잖아? 돈 내는 아

이들만. 그 빵을 반장인 내가 쟁반에 받아와서 급우들에게 나눠 줘야 하는데… 빵 냄새가 참을 수 없을 만큼 좋았어. 내가 반장만 아니라면 하나쯤 훔쳐 먹고 싶었지. 견물생심. 빵 한 덩이의 유혹을 물리치기 위해 그 말을 나에게 계속 주입해야 하는 상황이 정말 비참했어. 언니도 학교 다닐 때 그 빵 못 먹었지?

- 그래서 이제는 빵을 주식으로 하고 있어.

나는 혼자 있을 때 주로 스콘을 구워서 먹는다.

- 진담을 농담처럼 하는 거 보면 둘째 언니도 좀 발전했어. 아무튼 학교에서 아이들 가르치다 보면 가끔 도벽이 있는 아이들을 보게 되는데, 그때마다 나는 가슴이 먹먹해져. 그건 걔들 잘못이 아니고 결핍이 만든 피폐니까.

- 그게 지나치면 나중에 의욕도 없어져.

- 그래. 둘째 언니는 나아졌다고는 해도 사실은 아직도 시위 중이잖아. 내 인생이 이런 거였다면, 더는 진화를 안 하겠다, 뭐 이런 거지.

나는 하아, 하며 웃고, 언니는 고개를 끄덕이며 계속 소주를 마신다.

- 나, 이제 어떤 빵이라도 먹고 싶으면 사 먹을 수 있으니까 부자야. 그런데 정아 언니는 아직 하고 싶은 게 있어

도 못 하는 처지니까 내가 해 주고 싶어.

언니는 소주잔을 비우며 서글픈 듯 웃는다.

– 그동안 송아 도움 많이 받았는데, 한 번도 고맙다는 말, 하지 못한 거 같다. 그런데 나, 사실은 아직 남편 모르는 빚이 좀 있어. 너네들 부담 가지라고 하는 말은 아니고, 뭐 돈이 없으니까 남들이 돈 버는 방법으로 나도 좀 해 봤어. 로또도 사고, 주식도 하고, 근데 남들은 되는데 나는 안 되더라. 죽기 전에 빚은 다 갚아야겠지만, 이 돈으로 수술은 꼭 할게.

– 그래. 그렇게 해. 언니. 빚은 본인이 알아서 하는 거야. 우린 몰라. 알았지?

수아가 건배를 제의한다. 언니는 소주, 나는 맥주, 수아는 소맥이다. 우리는 아버지를 닮은 건지, 당연한 듯 술을 마신다. 아버지가 아무리 술을 마셔도 시비를 붙거나 결근하는 일 없이 새벽같이 일어나는 것처럼, 우리는 나름 성실하게 사는 것 같다.

생새우를 남긴 채 우리는 밖으로 나와 어느새 어두워진 겨울 바다를 걷는다. 바다는 다 자라기 전에 집을 떠나야 했던 아이의 어린 시절처럼 여전히 막막한 느낌이다.

– 춥다. 들어가자.

아주 잠시 걸었을 뿐인데, 언니가 몸을 움츠리며 말한
다. 먼 여행에, 어젯밤 잠도 제대로 못 잤을 테고, 지금 소
주까지 마신 탓이다.

- 그래, 우리 방에 들어가서 더 마시자. 내가 뭐 좀 사
올게.

수아가 편의점 쪽으로 몸을 돌려 걸어간다. 나는 수아를
뒤따르며 언니에게 먼저 들어가라고 손짓한다.

- 언니, 추우니까 먼저 들어가. 나, 수아랑 같이 들어갈게.

수아는 편의점에서 이것저것 주섬주섬 철제 바구니에
주워 담는다.

- 우유는 왜?

- 내일 아침에 짜이(chai) 끓여주려고.

- 짜이?

- 인도 차.

펜션 안으로 들어서는 순간 수아가 현관에 신발을 벗으
며 고개를 가로젓는다.

- 호러네. 완전 호러야.

바닥이 온통 물바다다. 언니는 스파 안에서 비스듬히 기
댄 채 몸을 담그고 있다. 손에는 반쯤 담긴 와인 잔이 들려
있다.

- 수도꼭지 조작을 잘못해서 물이 밖으로 튀었어. 내가 처음 온 티를 낸 거지.

언니의 두리뭉실한 알몸 위로 푸른빛이 도는 물결이 김을 뿜어낸다.

- 그랬으면 물은 닦고 요염을 떨어야지.

수아가 욕실에서 수건을 모두 들고나와 바닥 물을 훔쳐낸다. 나는 냉장고에 우유를 넣고 수아가 고른 치즈와 말린 열대 과일을 접시에 세팅한다.

- 이 몸으로 나갈 수 없어서 그냥 있는 거야. 내가 니들이랑 있을 때 이런 호사도 누리고 응석도 부려보는 거지, 언제 또 해 보겠냐?

- 못 해 본 거 또 있으면 말해. 언제 또 볼지 모르잖아?

수아가 수건에 밴 물을 싱크대 위에서 짜며 잔소리하듯 말한다.

- 이제 충분해. 수아 가방 뒤져 보니 와인도 몇 병 더 있더라. 호밀 빵이랑 구운 달걀도 있고. 남자들도 없는데 실컷 마셔 보자.

언니가 붉은 와인이 든 잔을 들어 올린다. 언니는 욕조 안에, 수아와 나는 욕조 턱에 기대어 앉아 와인을 마시며 키득거린다. 늦도록 도란도란 지난날에 대한 기억의 퍼즐을 맞춘다. 언니가 철벅, 하는 물소리를 내며 벌떡 일어선다.

- 소변은 화장실에 가서 봐야재?

늘어진 가슴과 뱃살을 조금도 감출 마음이 없다는 듯, 언니는 한쪽 다리를 절며 욕실로 향한다. 술기운에 더 용감해진 것 같다. 무슨 상념에 젖는 건지 수아는 몇 차례 베란다 문을 열고 나가 어둠 속에 있다가 들어오곤 한다. 화장실에서 나온 언니는 방으로 들어가서 옷을 입고 나온다.

- 물에 몸을 담그고 나니까 너무 좋다. 사실 어제 리조트에서 잘 때는 욕조를 쓸 분위기가 아니어서 좀 아쉬웠어.

- 스파 펜션 아니었으면 어쩔 뻔했어?

수아가 묻는다.

- 내가 왜 욕조에 몸부터 담갔는지 아냐? 그런 느낌 있잖아? 산을 넘고 재를 넘어서 해 질 무렵에 도착한 어디쯤의 따뜻한 아랫목 같은.

- 욕조가?

- 그래.

바람 소리와 파도 소리가 내내 우리와 함께한다.

물을 뺀 욕조가 아침 햇살에 반짝인다. 일출 장면은 놓쳤다. 새벽까지 과음한 탓이다. 수아가 가스레인지 앞에서 있다.

  - 언니들. 내가 짜이 끓여서 아침 준비할게. 차 마시고 바다에 기념사진 찍으러 나가자.

  - 수아, 부지런하네. 그런데 난 이제 사진 찍기 싫더라. 늙은 내 모습이 싫어.

  언니가 잠이 덜 깬 목소리로 방에 누운 채 말한다.

  - 그래도 오늘이 내일보다 젊은 거잖아? 얼른 나와.

  수아는 우유와 홍차와 향신료 마쌀라를 넣은 짜이 석 잔을 탁자에 올려놓는다. 내가 마시려고 하자 손사래를 친다.

  - 아직, 아니야.

  수아는 다시 구운 달걀과 호밀 빵을 접시에 담아 이리저리 구도를 잡으며 탁자 위에 올려놓는다.

  - 너 SNS에 올리려는 거지? 네가 제일 착한 것처럼 글을 쓰고, 사진도 네가 제일 잘 나온 걸로 골라서 올리고?

  내가 묻는다.

  - 당연하지. 그게 계정이 있는 자의 권한이니까.

  - 넌 늘 이렇게 먹을 걸 갖고 다니냐?

  언니가 의자에 앉으며 묻는다.

  - 아직도 식탐이 있어서 밖에서 음식을 보면 조절이 잘 안 될 때가 있거든.

- 그걸 자제하려고?

내가 묻자 언니가 의미심장한 표정으로 대답한다.

- 그래. 누구나 혼자 극복해야 하는 부분이 있나 봐. 나
도 고백할 게 있어.

- 무슨?

수아가 언니와 나를 번갈아 보며 묻는다.

- 그때 그 평안의 집, 거기서 아침 식사로 흰 쌀밥에 고
깃국이 나왔는데 갑자기 눈물이 나더라고. 그 사람이 밥은
먹고 있는지. 모든 것이 한 사람, 그 사람 탓만은 아니라는
생각이 들었어. 송아가 나에게 왜 그렇게밖에 못 사는 거
냐고 할 때, 나는 환경이 나를 그렇게 만든다고 한 적이 있
지. 물론 모든 걸 환경 탓으로 돌릴 수는 없지만, 그걸 극복
하지 못했다고 해서 헤어지려고 하는 나도 결국은 그 사람
이랑 닮은꼴이었어.

수아는 어리둥절한 듯 멍하니 앉아서 묻는다.

- 무슨 소리?

- 그때, 내가 뒤돌아 보지 말라고 한 당부는 완전히 잊었
던 거지?

- 그 사람과 같이 고생한 생각이 더 먼저였어. 송아에게
는 면목도 없고 해서 그냥 간 거야.

잠시 침묵이 흐른다.

- 언니가 지금 후회하지 않으면 됐어.

언니는 호밀 빵을 하나 집어 들고 한입 덥석 베어 물다가 접시에 내려놓고 일어선다.

- 수아야. 이거 프라이팬에 좀 데워라. 딱딱해.

- 수아야. 빨래 데워 줘라. 프라이팬으로 얻어맞기 전에.

우리는 키득거리며 욕조 안에 들어가서 먼 바다를 배경으로 SNS용 셀카를 찍는다.

작가의 말

작품집 원고를 퇴고하던 지난 10월 7일 새벽, 나는 나만의 책방 문을 열었다. 그곳에는 방금 기사가 난 작가의 작품이 나란히 꽂혀 있었다.《칼 같은 글쓰기》부터《단순한 열정》,《남자의 자리》,《한 여자》,《나는 나의 밤을 떠나지 않는다》,《세월》을 한 권씩 꺼내 먼지를 터는 동안 나는 이상한 전율을 느꼈다. 끝내 변방 끝 하강 지점에 머물다 사라진다 해도, 내 쓰기와 읽기가 아무것도 아니었던 건 아닌 것 같아서다.

바깥은 다시 축제이고, 나는 가난했어도 문밖을 나가면

열려 있던 세상에 대해 생각한다. '순진하다는 건, 상대가 내 편이라고 생각하는 것.' 어제도, 오늘도 나는 문밖 어딘 가에 있을 내 편에게 소설이라는 이름으로 편지를 쓴다.

*

지난봄, 네 번째 장편을 퇴고하던 중, 취재 여행에 동행 하지 않겠냐는 선배 소설가의 전화를 받았다. 그곳에서 '귀 꽃'을 보는 순간, 그 돌꽃에 생명력을 불어넣고 싶었다. 이 작품집 전반에 꽃이 자주 언급되는 건 우연이 아닐 수 있 다. 〈데스레시피〉를《소설 문학》창간호에 실은 다음《한국 소설》에 재수록 제의를 받은 건 2013년의 일이다. 〈내 이 웃의 하나뿐인 존재〉는 다음 해, 다른 문예지에 발표했다. 팬데믹 이전의 팬데믹, 평생이 팬데믹인 발달장애인 가정 의 팬데믹 이야기 〈아빠, 없다〉는 한국문화예술위원회가 주관하는 "코로나19, 예술로 기록하다"를 통해 바깥으로 나오게 되었다. 발표 당시에서 일부 개작하여 작품집에 싣 는다. 중편 〈세 자매〉는 2005년 소모임에서 발표한 단편 을 기초로 다시 썼다. 기회가 되면 장편으로 쓸 생각이다.

*

   긴 통창으로 하얀 매화꽃이 흔들리던 토지문화관의 어느 방, 그곳에서 좋은 인연들을 만난 건 행운이었다. 그 나날에 대한 서사는 창문을 여는 순간 별안간 안겨 오던 3월 아침의 함박눈처럼, 청량함으로 기억될 것이다.

*

   늘 그렇듯 내 글쓰기를 감수하고 있는 가족에게 고마움과 사랑을 전한다. 더 하고 싶은 말이 없으면 쓰지 않아도 된다는 당신과의 약속은 지키고 싶다.

2022년 11월, 난설헌로 작업실에서

세 자매

초판 1쇄 인쇄 2022년 11월 29일
초판 1쇄 발행 2022년 12월 21일

지은이 | 주영선
발행인 | 강봉자, 김은경

펴낸곳 | (주)문학수첩
주소 | 경기도 파주시 회동길 503-1(문발동633-4) 출판문화단지
전화 | 031-955-9088(대표번호), 9536(편집부)
팩스 | 031-955-9066
등록 | 1991년 11월 27일 제16-482호

홈페이지 | www.moonhak.co.kr
블로그 | blog.naver.com/moonhak91
이메일 | moonhak@moonhak.co.kr

ISBN 979-11-92776-18-7 03810